교보문고 스토리공모전
단편 수상작품집 2022

교보문고 스토리공모전
단편 수상작품집 2022

마카롱

차례

네 딸을 데리고 있어

정욱

누군가가 식칼을 들고 배 속에서 난동을 부리는 것 같다. 민영은 찢어질 듯한 통증을 느끼며 잠에서 깼다. 아랫배를 잡고 웅크린 채 눈을 떠보니 벽에 걸린 시계는 벌써 2시를 가리키고 있었다.

민영은 침대에 누운 채 손을 뻗어 머리맡을 뒤졌다. 곧 손에 작은 생수병과 진통제가 잡혔다. 몇 주간 이어진 통증으로 생겨난 작은 지혜였다. 진통제를 입안에 털어넣자마자 아랫배의 통증은 거짓말처럼 사라졌다. 너무 빨리 사라져 정말 아팠던 것인지 의심될 정도로.

초음파나 CT 촬영상으로 특별히 이상 소견은 없습니다. 얼마 전 갔던 병원의 의사는 그렇게 말하며 소염 진통제를 처방해줬다. 약간의 염증이 보이긴 하나 민영이 말하는 정도의 통증이 생길 정도는 아니니, 증상이 계속되면 정밀 검사를 해보자고 덧붙이며.

누운 자세로 잠시 의사의 말을 곱씹던 민영은 손을 휘저어 이번엔 스마트폰을 찾았다. 이메일과 메신저 앱 아이콘에 빨간 동그라미가 숫자를 단 채 올라와 있었다. 대부분 업무를 재촉하는 연락이었다. 슬그머니 짜증이 올라왔지만 곧 고개를 저었다. 먹고사는 일이니 일어나야 한다고 스스로를 다독이며. 몸이 안 좋으니 일을 하기 싫다고 배짱부릴 수 있을 만큼 돈이 많은 것도 아니었다.

잔뜩 쌓여 있는 이메일에 답하기 위해 부스스 몸을 일으켜 컴퓨터로 향하는데, 손에 들고 있던 스마트폰이 부르르 떨렸다. 민영이 잠든 사이 가장 많은 부재중 전화를 남겼던 클라이언트인 김 대리의 전화였다. 살짝 긴장한 눈빛으로 스마트폰 화면을 바라보던 민영은 곧 손가락을 움직여 수신 거절 메시지를 보냈다. 지금은 전화를 받을 수 없으니 메시지를 남겨주세요.

거절 메시지를 보내자 전화가 자동으로 끊어졌다. 민영은 그제야 작은 한숨을 토해냈다. 그녀에겐 전화 통화라도 누군가와 대화를 한다는 것 자체가 힘든 일이었다. 그녀가 프리랜서 웹 디자이너가 된 것도 타인과 최대한 부딪히지 않고 할 수 있는 일이기 때문이었다.

투명 인간, 그림자, 교실 한쪽의 무생물과 다름없는 존재. 아니, 말을 섞어서는 안 되는 불가촉천민. 아무와도 말다운 말을 하지 못하고 보낸 몇 년. 학교를 졸업하고도 어린 시절의 기억은 그녀를 그대로 억누르고 있었다. 외톨이 아이는 외톨이 어른이 되었다. 마음 깊숙이 새겨져버린 상처는 시간이 흘렀다고 해서 아물지 않았다. 다른 사람에게 말 거는 것도, 다른 사람이 말을 걸어오는 것도 그녀에겐 너무 힘든 일이 돼버렸다.

다시 아랫배가 아파온다. 민영은 멋대로 과거를 더듬고 있는 자신을 말리려 애썼다. 스트레스 때문이야. 민영은 컴퓨터 앞에 앉아 업무 메일을 열어 소리 내 읽었다. 방금 자고 일어난 탓에 목소리가 갈라졌지만, 잡념을 없애는 데는 도움이 됐다.

그때, 민영의 스마트폰이 다시 울렸다. 흘깃 바라보니 전화가 오고 있었다. 저장하지 않았지만 너무나 익숙한 번호. 엄마다. 민영은 미간을 찌푸리며 눈을 꽉 감았다 떴다. 오늘 나한테 왜 이러니.

한참을 울리던 전화는 잠시 잠잠하더니 곧 짧은 진동으로 바꿨었다. 민영이 전화를 받지 않자 문자를 보내는 것이리라. 보면 안 되는데, 안 보는 게 나은데. 민영은 그렇게 생각했지만 자꾸 울리는 진동 소리에 자신도 모르게 스마트폰을 바라봤다.

왜 연락을 안 받니, 부드러운 말. 급하게 돈이 필요하단다, 자신을 찾는 이유. 이윽고 이어지는 폭언. 너 같은 게 자식이냐, 내가 미쳤다고 네년을 낳았다 등등. 스마트폰의 알림 창은 보고 싶지 않은 내용을 민영에게 끊임없이 전달해줬다. 민영은 일하던 자리에서 일어나 그대로 침대에 드러누웠다. 다시 아랫배가 아파오기 시작했다.

애당초 그 일을 맡는 게 아니었다. 쇼핑몰 홈페이지 디자인하는 간단한 일이라고 해서 가볍게 수락했는데, 메일로 도착한 자료들을 훑어보던 민영은 쇼핑몰의 대표 모델이자 사장을 소개하는 프로필 부분을 보다가 그대로 굳었다.

그 애다. 얼굴을 본 지 십수 년이 지났지만 단번에 알아볼 수 있었다. 아니, 민영이 그 얼굴을 어떻게 잊을 수 있을까. 화장을 해서인지 성형이라도 한 건지 원래도 화려했던 얼굴이 더 화려해졌지만 그 아이, 차수린이 분명했다.

잊고 싶은 사람이다. 하루하루 그 얼굴을 떠올리며 눈물을 짓씹던 날들도 있었지만 스무 살이 넘어갈 무렵부터는 그저 잊고자 했다. 누군가에게 악의를 갖고 저주하는 일을 계속하는 것은 꽤 많은 에너지가 필요한 일이었고, 민영은 너무 지쳐 있었다.

그러기를 수년. 이제는 어느 날 갑자기 길에서 수린을 마주치게 된다고 해도 모른 척 지나갈 수 있을 것이라는 생각이 들었다. 하지만 막상 닥쳐보니 현실은 달랐다. 도저히 그냥 지나갈 수가 없었다. 메일 안에는 수린에 대한 정보가 아주 많았다. 홈페이지 제작을 위해 보내온 사진 외에도 기존에 운영하던 쇼핑몰의 링크와 유튜브, 인스타그램 주소까지 들어 있었다.

민영은 그 링크들을 클릭했다. 몇 년 새 수린은 인스타그램에서 수십만의 팔로워를 거느린 유명인이 되어 있었다. 유튜브도 운영 중이었다. 온라인으로 젊은 여성들에게 인기 있는 의류 쇼핑몰을 운영하고, 미소가 다정해 보이는 남자와 결혼했다. 민영은 수년 전 과거 게시물부터 시작해 온라인상에서 엿볼 수 있는 수린의 삶을 구석구석 핥듯이 읽어냈다. 처음 화면 너머로 수린의 얼굴을 보고 덜컹 내려앉았던 마음이 이제는 피가 안 통하는 듯 저려왔지만, 그와 동시에 다가온 묘한 호기심과 흥분이 민영을 부추기고 있었다.

그러다 문득, 민영은 스크롤을 멈췄다. 아이가 있었다. 처음 자료를 훑어봤을 때도 여자아이 사진이 있긴 했지만 모델이겠거니 생각하고 넘어갔는데, 그 아이가 수린의 딸이었던 모양이다. 임신했을 때부터 갓 출산했을 때, 그리고 아이의 커가는 모습. 이래도 되나 싶을 정도로 자세하게 인스타그램에 전시되어 있었다. 그제야 메일을 자세히 읽어보니, 이번 일 자체가 아동복 쇼핑몰의 디자인을 하는 것이었다. 자신의 쇼핑몰에 더해 아이를 모델로 하는 쇼핑몰까지 론칭하는 모양이었다.

아이를 낳았구나. 아까부터 저릿하던 가슴이 터져버린 모양이다. 민영은 자신의 볼에 눈물이 흐르고 있다는 것을 깨달았다. 아이를 낳았구나, 너는 아이를 낳았구나.

뜨거운 여름날이었다. 여름 교복이 땀에 절어 블라우스가 비칠 정도로 더운 그런 날. 민영은 그날도 학교 뒤편 쓰레기장에서 수린과 그 친구들에게 둘러싸여 있었다.

복도에서 치고 지나갔다. 대답을 안 했다. 재수 없는 눈으로 쳐다봤다. 그냥 기분이 나쁘다. 민영이 잘못한 이유는 수없이 많았고 중요하지도 않았다. 그날의 이유는 날이 더워서였을까?

그저 묵묵히 따귀와 발길질을 견디며 그 시간이 빨리 지나가기만을 바라고 있었다. 익숙해진 폭력에 웬만한 아픔은 잘 느껴지지도 않았다. 민영은 그저 남의 일을 보듯 이 상황을 무감각하게 받아들이고 있었다.

그러다가 어느 순간 아랫배에서 인두로 지지는 듯한 통증이 느껴졌다. 민영은 초점을 놓았던 눈에 뒤늦게 힘을 줬다. 달랐다. 맞는 고통은 익숙해졌다고 생각했는데, 이번 발길질은 달랐다. 몸속에서 뭔가 망가져서는 안 될 것이 망가져버린 느낌. 나 죽는 건가? 어느새 앞으로 고꾸라진 민영은 흙바닥에 얼굴을 박은 채 막연히 그렇게 생각했다.

"야, 그만해. 이러다 죽는 거 아냐?" 윙윙거리는 이명 사이에 그런 소리가 들렸다. 우습게도 그 목소리가 고마웠다. 똑같이 자신을 짓밟던 누군가였을 텐데. 민영이 아닌 자신들의 안위를 걱정하는 목소리였을 텐데. 그만큼의 따뜻함도 느낀 지 오래되어서였을까.

"병신 같은 년, 죽으라지." 또렷이 들리는 수린의 목소리. 다시 퍼억 하는 소리가 났다. 자신의 몸에서 나는 소리였음에도 희한하게 이번엔 아프지 않았다. 민영은 덜덜 떨리는 손으로 바닥을 짚으며 몸을 일으켰다. 그리고 무릎을 꿇은 채 고개를 숙였다. 아무 생각도 없었다. 그저 이렇게 해야 빨리 끝난다는 걸

몸이 기억하고 있을 뿐.

그런데 한동안 수린의 발길질이 날아오지 않았다. 뭘까? 고개를 들어보니 당황한 표정으로 자신을 보고 있는 아이들이 보였다. 민영을 바라볼 땐 늘 멸시가 가득한 눈이었던 수린조차도 이번만큼은 눈빛이 흔들리고 있었다. 왜들 그러지? 민영이 의아해하고 있는데, 누군가의 목소리가 들렸다. "야, 저거 뭐야? 거기서 피나는 거 아냐?"

그 말을 들은 민영은 그제야 아랫도리가 축축한 느낌이 들어 시선을 아래로 내렸다. 이미 벌겋게 물든 교복 치마를 넘어 피가 바닥까지 흐르고 있었다. 특별히 아프진 않았지만 허벅지 사이로 흐르던 피의 감촉만은 아직까지 기억하고 있다. 바닥에 고인 빨간 피 웅덩이. 민영은 그대로 기절했다.

18년 전 여름. 수린이 아이를 낳았다는 사실을 알자, 잊고자 애써왔던 기억이 봇물 터지듯 밀려왔다. 그리고 갑자기 아랫배가 아파왔다. 열다섯 살의 그날 이후 생리조차 하지 않아 아플 일이 없었던 배가.

민영은 깊게 심호흡했다. 출퇴근 시간도 아닌데 지하철에는 사람이 꽤 많았다. 어지럽고 속이 메스꺼웠다. 이게 다 배달 앱 때문이야. 민영은 속으로 구시렁거리며 잔뜩 긴장한 마음을 달 랬다. 일도 이메일로, 식사나 생필품도 전부 온라인 주문으로 해결하는 그녀로선 외출한 게 정말 오랜만이었다. 사람을 대하 는 걸 어려워하는 민영에게 발달한 배송 시스템은 축복이었지 만, 타인에 대한 면역을 더 떨어뜨리는 원인이기도 했다. 지하 철 안의 사람들이 전부 자신만 쳐다보는 듯한 기분에 민영은 모자를 더 깊게 눌러썼다.

우연히 수린의 근황을 알게 된 지 십여 일이 흘렀다. 처음엔 홀린 듯 수린의 삶을 탐색했지만, 나중에는 생각하지 않으려 애썼다. 수린의 쇼핑몰을 만드는 외주도 담당자에게 백배사죄 하며 취소했다. 그게 스스로를 위한 일이라고 생각했으니까.

하지만 아랫배의 통증은 사라지지 않았다. 오히려 더 심해져 갔다. 그리고 그에 비례하듯 과거의 일도 점점 더 오래, 더 많이 생각하게 됐다. 왜 나에게 그랬을까, 왜 나였을까, 왜 그렇게까 지 했어야 했을까.

그런 질문을 되풀이하는 사이 수린을 직접 봐야 한다는 생 각이 들었다. 수린에게 답을 듣겠다는 건 아니었다. 그저 수린 을 두 눈으로 보지 않고서는 이 답답한 마음이 풀리지 않을 것 같다는 근거 없는 확신이 들었을 뿐이었다.

수린이 어디서 살고 있는지 알아내는 것은 어렵지 않았다. 직접적으로 집 주소를 노출하지는 않았지만, 그녀의 인스타그램 해시태그와 팬들의 댓글만으로도 충분히 짐작할 수 있었다.

잠실에 있는 유명 브랜드 아파트. 동호수까지야 알 수 없었지만 그걸로 족했다. 대단지가 아니라 돌아다니다 보면 금세 찾을 수 있을 것 같기도 했다. 그리고 사실 마음속 한편에는 정말 만나면 어쩌나 하는 생각도 있었다.

그래, 차라리 못 만나면 좋겠다. 집 앞까지 찾아가는 주제에 무슨 말이냐 싶지만, 진짜로 수린을 만나면 어떻게 해야겠다는 계획이 있는 것도 아니었으니까.

그런 마음가짐으로 민영은 동네 구경 온 사람처럼 아파트 단지 안을 어슬렁거렸다. 새로 지은 아파트라서일까. 단지 안이 마치 공원처럼 잘 꾸며져 있었다. 걷다 보니 산책을 나온 듯한 기분이 들 정도였다.

그렇게 아파트 단지 안을 한참 걸었다. 보도블록으로 다져진 메인 도로를 몇 바퀴나 돌다가 지겨워진 민영은 경로를 바꿔 아파트 뒤편의 산책로로 들어갔다. 이쯤 되자 민영은 결국 수린을 못 만날 것이라는 생각이 들기 시작했다. 무턱대고 사는 곳을 돌아다닌다고 사람을 찾을 수 있는 건 아니지. 그래, 잘했어

이민영. 여기까지 온 것도 큰 용기를 낸 거야. 여태껏 자신을 옭아매왔던 과거에 조금은 도전했다는 기분이 들어 민영은 스스로를 칭찬했다. 마음이 좀 가벼워졌다.

민영이 걷고 있는 산책로는 한 사람 정도 간신히 지나갈 수 있는, 흙길 위에 넓적한 돌로 바닥을 다진 오솔길이었다. 측백나무로 주변을 빽빽하게 둘러싸 아파트 단지 안에 있다는 생각이 들지 않을 정도였다. 인위적이지만 꽤 예쁘게 만들어진 길을 걷고 있자니 콧노래마저 나왔다. 이대로 집에 돌아가면 기분 좋게 잠들 수 있을 것 같았다. 요 며칠 민영을 괴롭혔던 복통 없이.

그리고 눈앞에 수린이 나타났다.

언제 들어온 것일까. 수린은 좁다란 산책로 맞은편에서 걸어오고 있었다. 운동이라도 다녀오는 길인지 트레이닝복 차림에 스포츠 타월로 연신 땀을 훔치고 있었다. 땀 맺힌 수린의 얼굴을 보자, 민영은 열다섯 살 중학생으로 돌아가버렸다. 그 여름날 입안에 들어왔던 흙 알갱이의 찝찝함이, 그 속에 섞였던 피의 짭짤함이, 온몸을 짓누르던 아픔이 그대로 되살아났다.

민영은 주저앉을 뻔했다. 다리에 힘이 풀렸다. 시선은 자연히 바닥으로 향했다. 눈물이 나왔다. 머리가 멍했다. 사신이 여길 왜 왔는지, 수린을 만나면 어떻게 하려고 했는지, 아무 생각이 나지 않았다. 그저 무서웠다. 가슴이 바짝 졸아들었다. 절대적인, 벗어날 수 없는 폭력이 어린 마음에 박아버린 공포는 십수 년이 지나서도 민영을 꽁꽁 묶어두고 있었다.

"저기······."

수린이 다가와 말을 걸었다. 민영은 화들짝 놀라 고개를 들었다. 수린은 웃고 있었다.

"먼저 지나가세요."

좁은 산책로. 한 사람이 비켜주지 않으면 지나갈 수 없는 길에서, 수린은 마치 친절한 동네 이웃처럼 웃으며 민영에게 길을 양보하고 있었다. 당황한 민영은 무방비한 얼굴로 수린을 쳐다봤지만 수린은 그저 사람 좋은 미소를 짓고 있을 뿐이었다. 완벽히 모르는 사람을 보는 눈빛. 민영은 황급히 고개를 숙이며 수린을 스쳐 지나갔다.

날 기억하지 못한다. 그 차수린이. 방금 전까지 예쁘게만 보였던 오솔길이 구불구불한 미로처럼 보였다. 눈앞이 어지러웠다. 민영은 눈을 부볐다. 손에 눈물이 묻어나왔다.

그날 이후 민영은 매일 수린의 아파트 주변을 맴돌았다. 여전히 뭘 어떻게 하겠다는 계획은 없었다. 눈을 뜨면 발걸음이 자연히 그리로 향했을 뿐이었다. 막상 수린 앞에 선들 뭔가 제대로 말을 할 자신도 없었다. 오히려 수린과 맞닥뜨리지 않도록 조심했다. 아니, 마주치는 것이 무서워 피해 다녔다는 것이 맞을 것이다. 오직 멀리서 수린을 지켜보기만 했다. 외주 의뢰로 받은 이메일에서 수린의 근황을 찾았을 때처럼 그녀의 생활 하나하나를 눈에 담기 위해 노력했다.

처음엔 민영도 자신이 왜 그렇게 행동하는지 몰랐지만 이내 깨달았다. 민영은 수린에게서 흔적을 찾고 있었다. 어린 시절의 행동이 자신뿐만 아니라 수린에게도 상처가 되었기를, 한 사람만 일방적으로 다친 것이 아니라 다치게 한 사람에게도 흉터로 남았기를, 그래서 그 흔적이 어른이 된 지금도 남아 있기를 바랐다. 자신은 그랬으니까. 십수 년이 흘러 어른이 된 지금도 여전히 과거에서 벗어나지 못하고 있었으니까. 수린에게서 작은 생채기라도 발견한다면 그것만으로도 구원받을 수 있을 것 같았다.

하지만 막상 그것도 쉽지 않았다. 집을 안다는 것만으로 수린의 삶을 온전히 지켜볼 수는 없었다. 쇼핑몰 때문인지 수린은 외출이 잦았고. 그럴 때면 으레 차를 타고 지하 주차장을 통해 바로 나갔다. 인스타그램에는 여전히 화려한 생활이 올라오고 있었지만, 주차장 입구에서 오가는 모습을 잠깐 훔쳐보는 것으로는 실제와의 간극을 찾기 힘들었다.

그러다 보니 민영은 의도치 않게 수린의 딸을 더 자주 지켜보게 됐다. 이제 일곱 살쯤 되었을까. 아이는 매일 유치원 버스를 타고 아파트 앞에 내려서는 한참을 놀이터에서 혼자 놀았다. 그러다가 학원 버스가 오면 다시 그 차를 타고 놀이터를 떠났다.

수린을 닮아 예쁜 아이였다. 인스타그램엔 항상 수린과 함께 있는 사진만 올라와 정작 아이 얼굴을 제대로 보지 않았었는데, 따로 보니 놀이터에 있는 또래 속에서도 눈에 띄는 예쁜 아이였다. 쇼핑몰의 상품인지 매일 예쁜 옷을 입고 나오는 모양새가 꼭 인형 같았다.

민영은 수린의 딸을 볼 때마다 아랫배의 통증이 심해짐을 느꼈다. 처음엔 수린을 똑 닮은 얼굴을 보고 있어 그런가 했지만, 멀리서 아이를 지켜보는 날들이 계속되며 복통의 근원이 질투가 아닐까 하는 생각이 들었다. 한 번도 자신이 가질 수 있을 거라 생각해보지 않았던 것들. 좋은 집, 좋은 남편, 예쁜 아이. 중학교 때 수린을 만나지 않았다면 나도 평범하게 살 수 있지 않았을까 하는 생각.

18년 전 자신이 쏟아낸 피 웅덩이 위에서 기절했던 그날 이후, 민영은 평범하게 가족을 이루는 삶을 꿈꿀 수 없게 되었다. 충격에 의한 자궁 출혈. 흘러나온 피의 양이 많은 만큼 정밀 검사가 필요하다고 했다. 자궁뿐 아니라 난소까지 충격을 받았다면 아이를 영영 가질 수 없을 수도 있다고 했다.

민영은 옆에 서 있던 엄마를 바라봤다. 일하다 불려온 엄마는 검사를 더 해야 한다는 말에 눈살을 찌푸리고 있었다. 입원비에 더해질 검사료를 생각하고 있었을 것이다. 회진을 마친 의사가 돌아간 후, 민영은 엄마에게 조용히 말했다. 나 그냥 집에 가도 돼. 엄마는 말없이 고개를 끄덕였다.

퇴원 후 학교로 돌아간 민영에게 담임은 뻔뻔한 얼굴로 전학을 권고했다. 지역 유지였던 수린의 부모가 손을 쓴 것이리라. 민영은 아무 느낌이 없었다. 차라리 다행이라고 생각했다. 이대로 수린과 더 마주치지 않을 수만 있다면. 그렇게 전학을 가고 얼마 지나지 않아, 민영은 자신이 더 이상 생리를 하지 않는다는 것을 깨달았다.

뒤늦게 깨달은 그 사실에 대해 씁쓸한 기분은 들었지만 그뿐이었다. 가난한 편모 가정의 아이가 가질 수밖에 없었던 힘겨운

삶. 수린의 폭력이 없었더라도 아이를 낳아 이런 인생을 대물림하고 싶은 생각은 없었다. 그렇다고 생각해왔다.

하지만 이제 눈앞에서 수린이 가진 것들을 보게 되니 다른 생각이 들었다. 그제야 화가 났다. 서른이 훌쩍 넘은 지금에서야 수린이 없었다면 자신은 평범한 학교생활을 했을지도 모른다는 생각이 들었다. 소심하고 눈에 띄지 않는 아이라고 해서 모두가 괴롭힘을 당하는 것은 아니다. 가난하다고 해서, 부모가 이혼했다고 해서 모두가 왕따를 당하는 것은 아니다. 나도 누군가와 평범하게 웃고 떠들고 장난치는 학창 시절을 보냈을지도 모른다. 그렇게 자라 평범하게 결혼해 자상한 남편과 예쁜 아이를 낳았을 수도 있다. 수린이 지금 가지고 있는 모든 것들이 원래는 자신의 것이었을지도 모른다. 빼앗고 싶다. 빼앗을 수 없다면 망가뜨리고 싶다.

멀리서 수린의 딸을 지켜보는 나날이 이어질수록 민영의 안에서는 그런 생각의 씨앗들이 싹을 틔워갔다. 그렇게 속으로 곪아가던 어느 날, 변화가 찾아왔다. 그날도 놀이터에서 멍하게 수린의 딸을 쳐다보고 있던 민영에게 아파트 경비가 다가왔다. 이제 와서 입주민이 아니란 걸 눈치라도 챈 것일까. 딱히 잘못한 것도 없건만, 민영은 충동적으로 놀이터에서 홀로 놀고 있는 수린의 딸에게 다가갔다.

"안녕?"

민영은 아이에게 어색한 미소를 지었다. 아이와 잘 아는 사이인 척을 해 경비를 따돌리겠다는 얄팍한 계산이었다. 다행히 민영의 행동이 통했는지 경비는 고개를 갸웃하더니 다른 곳으로 가버렸다.

그 모습을 본 민영은 속으로 안도하다가, 자신을 빤히 쳐다보는 아이의 시선을 느꼈다. 아차 싶었다. 민영은 아이의 시선이 부담스러워 뒤쪽에 있는 미끄럼틀을 쳐다보며 되는대로 말을 이었다. 누군가에게 먼저 말을 걸었던 게 언제였던가. 고작 유치원생인데도 눈을 마주보고 이야기하기가 힘들었다. 그런 자신의 모습에 비참함을 느낀 민영은 눈을 꾹 감고 외치듯 말했다.

"왜 혼자 놀고 있니? 심심하지 않아?"

이게 무슨 말인가. 말이 되는대로 튀어나왔다. 다행히 아이는 그다지 이상함을 느끼지는 못한 듯했다.

"학원 가야 해요. 버스가 이리로 와서."

어린아이 특유의 두서없는 대답이었지만, 늘 아이를 지켜봤던 민영은 쉽게 이해했다. 학원 버스를 기다려야 해서 혼자 있었다는 이야기겠지.

"아줌마도 심심해요?"

"응?"

생각지도 못한 아이의 질문에 민영이 당황하는데, 아이의 말이 이어졌다.

"아줌마도 맨날 혼자 있잖아요. 저기서."

아이는 민영이 늘 앉아 있던 놀이터 한편의 벤치를 가리켰다. 아, 그랬구나. 내가 아이를 지켜보고 있다고 생각했는데, 아이도 나를 지켜보고 있었구나. 거기까지 생각이 미치자 민영은 자신도 모르게 입을 열었다.

"그래, 아줌마도 심심해. 우리 같이 놀까?"

아이는 태연한 얼굴로 얌전히 민영의 식탁에 앉아 집 안을 둘러보고 있었다. 민영은 커피포트에 물을 올리며 작게 한숨을 내쉬었다. 자, 여기서부터는 범죄다. 그런 생각이 들었다. 어깨가 움츠러들었다.

요 며칠간 정말 많은 상상을 했었다. 매일 밤 수린을 저주하며 울다 잠들었던 그 시절처럼. 다 가진 것 같은 수린의 인생을 망칠 수 있는 수많은 시나리오를 짰다. 그중에는 아이에 관한 것들도 많았다. 아니, 당장 민영의 손에 닿는 것은 아이뿐이었으니 사실상 대부분이라 해도 좋았다.

아이를 납치해서 아무도 모르는 곳에 유기한다. 아니다, 죽인다. 아니다, 죽여서 수린의 집 앞에 그 시체를 가져다 놓는다. 아니다, 수린의 눈앞에서 죽이고 그 목을 잘라 눈앞에 들이댄다. 민영이 생각해낼 수 있는 가장 잔인한 상상이 끝도 없이 이어졌다. 자신이 잃은 것이 어떤 건지 수린이 느끼게 하는 것. 그보다 통쾌한 복수가 있을까.

민영은 싱크대 위에 있는 칼꽂이에서 가장 큰 식칼을 꺼내고는 눈앞까지 칼을 들어 올렸다. 요리를 하지 않는 민영인지라 가장 큰 칼이라고 해봐야 과도보다 조금 더 큰 수준이었다. 사서 몇 번 쓰지 않은 식칼은 거울처럼 반짝였다. 식칼에는 뒤에 앉은 아이의 모습이 비치고 있었다. 그리고 핏발 선 눈을 하고 있는 자신의 모습도.

손이 떨렸다. 눈물이 나왔다. 아무것도 안 했는데, 아무 짓도 안 했는데. 칼에 비친 자신의 모습을 본 민영은 어깨에 힘이 쭉 빠졌다. 아이를 죽인다? 자신이 그런 일을 할 만한 사람이 못 된다는 건 진즉에 알고 있었다.

아이를 데리고 집에 오며 많은 생각을 했다. 아니, 사실 처음에는 아무 생각도 하지 못했다. 민영은 스스로의 행동에 극도로 혼란스러웠다. 울면? 소리 지르면? 아이가 따라오지 않겠다고 버티면 어떡하지? 민영이 고민했던 것과는 달리 아이가 이상할 정도로 순순히 따라오지 않았다면, 집까지 같이 오지도 못했을 것이다. 간신히 자신의 집이 보이는 거리까지 와서야 민영은 한 가지 결심을 했다.

그저 아이를 잠깐 데리고 있는 것이다. 민영이 생각할 때 자신이 할 수 있는 최대치는 그 정도였다. 물론 그것만으로도 훌륭한 유괴다. 엄연한 범죄 행위다. 학원에 갔어야 할 아이가 없어졌다는 것을 알면 수린은 어떤 생각을 할까? 저녁이 늦도록, 또는 그다음 날에도 집으로 돌아오지 않는다면? 아마 피가 마르겠지. 아이를 가져본 적은 없지만 그 정도는 민영도 충분히 예상할 수 있었다.

어설픈 계획이다. 경찰이 나서는 순간 바로 잡힐지도 모를. 나름 머리를 쓴다고 아이를 데리고 집에 오는 길에 일부러 버스와 지하철을 여러 번 갈아타긴 했지만, 얼마나 효과가 있을지는 민영도 몰랐다. 아마 수린이 경찰에 신고하면, CCTV 천국인 대한민국에서 민영 정도의 어설픈 유괴범은 바로 잡히지 않을까?

그래도 상관없었다. 경찰이 제대로 수사에 착수하기 전에 민영은 아이를 데리고 수린에게 갈 작정이다. 내일, 길어야 모레일까? 아이를 잃어버리고 패닉에 빠져 있을 수린 앞에 나타날 것이다. 그녀 앞에 서서 내가 네 아이를 데려갔다고 말해줄 것이다. 그게 전부였다. 그 이후에 아이를 찾은 수린이 신고를 취소하면 다행이고, 경찰에 잡혀가더라도 상관없다고 생각했다. 어차피 자신은 잃을 게 없었다.

과거의 행동이 언제든 돌아와 현재의 일상을 파괴할 수 있다는 사실을 수린에게 알려주는 것. 그래서 자신이 과거에서 벗어나지 못하고 여태 살아온 것처럼 수린도 평생 마음 한편에 불안함을 안고 살아가게 하는 것. 그것이 민영의 복수였다.

너무 싱거운 복수일까? 하지만 민영은 그걸 실행하려는 것만으로도 손끝이 떨려왔다. 하지만 이 일을 해낸다면, 그때는 과거의 악몽에서 벗어날 수 있을 것 같았다.

그런 생각을 하고 있노라니 커피포트의 물이 끓었다. 민영은 자신이 마실 커피와 아이에게 줄 코코아를 탔다.

"아줌마, 저 언제 집에 가요?"

"윤서는 집에 가고 싶어?"

민영은 긴장한 채 아이의 이름을 부르며 눈치를 살폈다. 유치원생에 불과한 아이인에도 대화할 때마다 숨이 막혀왔나. 원래

도 타인과 대화가 힘든 민영이었지만, 아이에게까지 그럴 줄이
야. 수린과 닮은 얼굴 때문일까. 때문에 솔직히 아이, 윤서가 집
에 가고 싶다고 울며 떼쓰면 보내주지 않을 자신이 없었다.

"아니요, 여기서 이거 먹을래요!"

다행히 윤서는 코코아 잔을 꼭 잡은 채 고개를 저으며 소리
쳤다. 의외로 아이는 민영을 따랐다. 아까 놀이터에서 윤서가
자신을 경계해 따라오지 않을까 싶어 엄마 친구라고 소개한 것
이 효과가 있었던 것일까. 아이의 이름, 평소 생활, 지난 주말에
한 일까지도 인스타그램을 통해 모두 알고 있었으니 어렵지는
않았다. 오직 자신을 수린의 '친구'라 지칭하는 것만이 힘들었
을 뿐.

"그럼, 윤서 여기서 자고 갈래? 아줌마가 엄마한테 연락해줄
게."

민영은 그렇게 말하고 다시 아이의 가슴께를 쳐다봤다. 다행
히 아이는 신이 나서 고개를 끄덕였다.

"좋아요!"

"그래, 잠깐만……."

민영은 어설픈 미소를 지으며 스마트폰을 꺼내 수린에게 연
락하는 척 연기했다. 그리고 인스타그램을 켜 수린의 계정에 들

어갔다.

웹 디자인 외주 일 때문에 만들어놓은 민영의 계정엔 지금 팔로우 중인 사람이 수린밖에 없었다. 덕분에 민영의 피드에는 바로 수린의 게시물이 보였다. 수린은 방금 멋들어진 레스토랑에서 와인을 마시고 있는 사진을 올렸다. 뒤로 넘겨보니 협찬을 받은 건지 레스토랑 식탁 위에 핸드크림을 늘어놓고 있는 사진도 있었다. 일하는 중인 걸까? 민영은 시계를 바라봤다. 일곱 시다. 밖에서 일하고 있다면 아직 아이가 없어진 것을 모를 수 있다. 사진 속 수린은 환하게 웃고 있었다. 민영도 스마트폰을 보며 이번엔 진짜 미소를 지었다.

민영은 불 꺼진 방에서 침대에 누워 있었다. 옆에선 윤서가 잠들어 있다. 꽤 야무진 아이다. 잘 때가 되니 혼자 욕실에 들어가 씻고는 민영이 준 편한 옷까지 갈아입고 나왔다. 이 시간까지 엄마를 찾지도 않는다. 보통 일곱 살 아이들이 이 정도까지 하나 싶을 정도로 윤서는 꽤 조숙하다는 느낌을 주는 아이였다.

그나저나 이상하다. 민영은 몇 시간째 붙들고 있던 스마트폰을 다시 노려봤다. 화면에는 수린의 인스타그램이 띠 있다. 이

상했다. 아이가 없어졌다는 걸 알고도 남을 시간이다. 민영이 생각했던 수린의 반응은 두 가지였다. 당황해 아이를 찾느라 인스타그램엔 신경도 못 쓰거나, 아니면 아예 인스타그램에 아이가 없어졌다는 사실을 올리고 적극적으로 도움을 구하거나.

수린은 평소 하루에도 대여섯 개씩 게시물을 올리며 자신의 근황을 중계한다. 그렇기에 민영은 역으로 인스타그램에 아무것도 안 올라온다면 그것으로 수린의 상태를 확인할 수 있을 것이라 생각했다.

그런데 자정이 가까운 이 늦은 시각까지 수린은 인스타그램에서 팬들을 대상으로 실시간 라이브 방송을 진행하고 있었다. 아무 일도 없다는 듯이. 바로 자신의 집에서.

민영은 혼란스러웠다. 자신이 엉뚱한 아이를 데려온 게 아닌가 하는 생각까지 들어, 인스타그램에 있는 윤서의 사진을 다시 확인해볼 정도였다. 물론 당연히 아니었다. 그럼 대체 어떻게 된 일일까. 아이가 사라졌는데 어떻게 저렇게 태연할까. 민영은 의문이 가득한 눈으로 스마트폰 속 수린과 윤서를 번갈아 쳐다봤다. 그 순간, 윤서가 잠투정을 하며 몸을 뒤척였다.

"……아!"

민영은 급히 손을 들어 비명이 새어 나오려는 자신의 입을 막았다. 그리고 조심스레 윤서를 바라봤다. 아이에겐 너무 큰 민영의 옷을 입고 있어서일까, 윤서가 잠결에 움직이자 윗옷이 가슴께까지 훌러덩 올라가 있었다.

민영은 살며시 윤서의 윗옷을 잡아 들고는 스마트폰의 라이트를 켰다. 잘못 본 것이 아니었다. 깨끗하고 하얀 얼굴과 달리, 작은 윤서의 몸은 온통 멍투성이였다. 퍼렇게 물든 새 것도 있고, 이미 누렇게 바랜 오래된 것도 있다. 지속적인 구타의 흔적. 민영은 멍든 아이의 몸이 낯설지 않음을 느꼈다. 아니, 사무치게 익숙했다.

십여 년 전에도 수린은 결코 얼굴을 때리는 법이 없었다.

뜬눈으로 밤을 새웠다. 민영은 식탁 의자에 앉아 퀭한 눈으로 맞은편의 윤서를 바라봤다. 아이는 아무렇지 않은 얼굴로 시리얼을 입에 넣고 있었다. 민영은 나직한 목소리로 말했다.

"윤서는 엄마가 좋니?"

윤서는 숟가락질을 멈추고는 민영을 바라보며 고개를 끄덕였다. 눈치를 보고 있다. 타인과의 교감에 익숙하지 않은 민영조차도 직감적으로 느낄 수 있었다. 아이의 눈빛이 예전에 자신이 다른 사람을 대할 때의 그것과 다르지 않았기에.

"엄마가 왜 좋아?"

아이는 대답을 망설였다. 낯선 사람의 집에 와서도 흔들리지 않던 얼굴에 불안감이 스쳤다.

"엄마니까요."

다시 눈치를 보는 아이. 민영은 식탁에 엎드렸다. 아이의 얼굴을 더 이상 쳐다볼 자신이 없었다. 민영은 식탁에 엎드린 채 한숨처럼 말했다. 어제와는 다르게 아이에게 말하는 것이 불편하지 않았다. 이 아이에게 동질감을 느낀다고 생각하면 너무 비열한 것일까.

"아줌마는 아줌마 엄마를 싫어하는데."

"왜요?"

이번엔 빠른 대답. 윤서의 목소리가 조금 밝아진 것 같다면 착각일까?

"엄마라고 해서 다 좋아해야 하는 건 아니야. 아줌마 엄마는 아줌마를 버렸거든."

엄마는 민영이 자신을 버렸다고 생각하겠지만. 민영은 옛일을 생각하며 쓴웃음을 삼켰다. 수린의 폭력으로 피를 쏟은 후 병원에 누워 있던 18년 전의 그날, 민영은 병실로 찾아온 수린의 부모를 보았다.

엄마는 모를 것이다. 불 꺼진 병실 안에서 민영이 잠들어 있다고 생각했겠지. 하지만 민영은 침대에 누운 채 열린 문틈 새로 병실 밖의 상황을 전부 보고 있었다. 고압적인 태도로 봉투를 내미는 수린의 부모. 죄지은 사람마냥 굽신거리며 봉투를 받아 드는 엄마의 목소리가 들려왔다. 아유, 애들이 다투다 보면 그럴 수도 있지요.

가장 슬펐던 건, 수린의 부모가 찾아온 후에도 엄마는 민영에게 검사를 더 받아보자고 하지 않았다는 것이다. 분명 두툼한 봉투에는 병원비보다 훨씬 많은 돈이 들어 있었을 텐데. 갚아야 할 빚이 많았어, 당장 생활비가 없었어, 어쩌면 검사를 더 받을 수 있을 정도로 많은 돈은 아니었을지도 몰라. 스스로 엄마를 이해할 수많은 이유를 찾아봤지만, 유일한 내 편이라 생각했던 사람이 손을 놓아버렸다는 배신감을 메꾸지는 못했다.

그날 이후 민영은 발버둥 치는 걸 포기해버렸다. 엄마조차 포기한 자기 자신에게 어떤 가치도 느낄 수 없었기 때문이었다. 수린에게서는 벗어났지만 정작 스스로를 포기한 채로 수많은 날들을 그저 무감각하게 견뎌냈다.

"윤서도……."

민영이 뭔가 말하려는데, 진동음이 울렸다. 수린의 인스타그램이 업데이트됐다는 알림이었다. 혹시나 하는 생각에 민영은 후다닥 스마트폰을 들었다. 이제야 아이가 없어졌다고 도움을 청하는 게시물을 올렸을지도 모른다.

하지만 이번에도 아니었다. 한강, 아니 석촌 호수인가? 수린은 물가에서 아침 조깅을 하고 있었다. 아이가 없어졌는데. 몸매가 훤히 드러나는 레깅스를 입고 조깅 코스를 배경으로 환하게 웃고 있는 수린을 보며, 민영은 배 속에서 지금까지와는 조금 다른 분노가 올라옴을 느꼈다.

민영에게 어제까지 윤서는 수린이었다. 엄마를 닮은 아이에게 해코지를 하지 못한 것은 민영의 마음이 여려서였을 뿐, 그이상도 이하도 아니었다. 하지만 오늘 아침 윤서는 민영이었다. 아이를 데려다주겠다고? 그 얼마나 순진한 생각이었나.

민영은 식탁에서 일어나 스마트폰을 들었다. 그리고 열한 자리 번호를 눌렀다. 저장조차 하지 않았으나 한시도 잊은 적이 없는 엄마의 번호. 잠시 신호가 가는 듯하더니 엄마가 전화를 받았다.

"민영이니? 그래, 엄마가 이번에만 도와주면……."

전화를 받자마자 돈 이야기부터 꺼내는 엄마. 나는 지금껏 이 사람에게 뭘 기대해왔던 걸까. 민영은 울컥하는 기분에 눈물이 핑 돌았지만, 옆에 서 있는 윤서를 보며 간신히 마음을 가다듬었다.

"나, 돈 없어."

"뭐?"

"돈 없고, 있어도 엄마한테 줄 돈 없어. 아니, 난 엄마도 없어. 당신, 다시는 나한테 연락하지 마. 다시는."

수화기 건너편에서 엄마가 무어라 말하는 듯했지만 민영은 그대로 전화를 꺼버렸다. 그러고 나서 엄마의 번호를 차단했다.

"윤서도……."

민영은 윤서를 바라보며 애써 웃음을 지었다. 지금 이 아이에겐 자신의 얼굴이 어떻게 보일까 걱정하며.

"엄마가 싫으면 싫다고 해도 돼."

컴퓨터 모니터에는 온통 수린에 대한 이야기가 가득했다. 민영은 마우스를 움직여 게시판의 다음 페이지로 넘어갔다. 다음도, 그다음도 수린은 사람들의 화제에 올라 있었다. 다른 온라인 커뮤니티도 마찬가지였다. 게시판 가득 '차수린 학폭', '차수린 아동 학대' 등의 제목이 가득했다. 시간이 없어 몇 군데 올리지 못했는데, 수린은 민영의 생각보다 더 유명 인사였던 것 같다. 들불처럼 퍼져나가는 자신의 이야기를 보며, 민영은 굳은 얼굴로 고개를 끄덕였다.

오늘 아침, 민영은 윤서에게 엄마가 싫으면 싫다고 해도 된다고 말했다. 무책임한 말이었을까. 하지만 떨리는 손으로 엄마의 전화를 끊는 민영을 보며 윤서는 울음을 터뜨렸다. 그 작은 몸 어디에 그렇게 많은 설움이 있었을까. 아이는 식탁 의자에 앉은 채 소리 내 울며 굵은 눈물을 뚝뚝 떨어뜨렸다. 평생 아이를, 아니 다른 사람을 달랜다는 행위를 해본 적 없는 민영은 당황한 채 어설픈 몸짓으로 윤서에게 다가가 가만히 안아주었다. 괜찮아, 괜찮아라는 말만 반복하며.

한참 후, 윤서의 울음이 간신히 잦아들었다. 민영은 그제야 아이를 품에서 놓아줬다. 그러고는 아직 남아 있는 흐느낌으로 몸을 떨고 있는 아이의 등을 쓸며 고민했다. 자신은 아직 이 아이가 처한 상황에 대해 아무것도 모른다. 어떻게 물어봐야 할까. 그런 민영의 고민이 무색하게 먼저 입을 연 것은 윤서였다.

"엄마는…… 엄마는 맨날……."

윤서는 울음기 가득한 목소리를 가다듬으며 수린에 대해 이야기하기 시작했다. 영특한 아이다. 자신에게 내밀어진 도움의 손길을 잡아야 한다는 걸 본능적으로 깨달은 듯했다.

아이의 이야기 속 수린은 무자비한 폭군이었다. 윤서가 자신의 신경에 조금이라도 거슬리는 행동을 하면 가차 없이 손찌검을 했다. 밥을 먹다가 조금이라도 흘리면, 유치원에 다녀오는 길에 옷에 흙먼지라도 묻으면, 자신이 일하고 있을 때 약간의 소음이라도 내면 절대 용서가 없었다.

민영은 아연해졌다. 일곱 살 된 아이다. 어른처럼 모든 걸 완벽하게 행동할 수는 없다. 아이 키우는 일에 대해 무지한 그녀였지만, 적어도 수린의 행동이 일곱 살짜리에게 할 일은 아니라는 건 확실히 알 수 있었다. 그리고 윤서의 이야기에서 십여 년 전 자신의 모습이 보였다. 갖은 이유로 폭력을 견뎌야 했던 나날들. 민영은 자신도 모르게 손을 꽉 움켜쥐었다.

수린이 윤서의 부재를 눈치채지 못한 것도 비슷한 맥락이었다. 수린은 촬영이 있는 날 외엔 특별히 윤서에게 신경 쓰지 않았다. 윤서는 식사도 씻는 것도 모두 알아서 해야 했다. 다만 그러다가 윤서가 눈에 거슬리는 행동을 하면 수린의 가차 없는 '처벌'이 있었을 뿐. 집 안에서 눈에 보이지 않아도 먼저 찾는 경우가 거의 없었으니, 하룻밤 정도는 아이가 없어도 모를 법했다.

다행히 민영과 달리 윤서에게는 숨 쉴 구멍이 있었다. 그 상소가 수린의 일터였다는 점이 아이러니했지만. 수린은 다른 사람들 앞에서는 철저하게 좋은 엄마를 연기했다. 그래서 아이는 쇼핑몰을 준비하는 것이 즐거웠다고 했다.

"그래도 사진 찍을 때는 엄마가 웃어줘서 좋았어요."

그렇게 말하는 윤서를 보는 민영의 가슴이 미어졌다. 그런 엄마라도 아이에게는 엄마라는 걸까. 그러다 문득 한 가지 의문이 떠올랐다.

"아빠는? 아빠는 어때?"

민영은 수린의 인스타그램에서 봤던 인상 좋은 남자를 떠올렸다. 그도 수린의 학대에 동조하거나 방관한 걸까.

"아빠는…… 없어요."

윤서는 의외의 이야기를 했다. 수린의 SNS를 그렇게 많이 봤건만, 민영이 한 번도 생각지 못했던 일이었다. 아빠는 나쁜 짓을 해서 멀리 갔다. 수린은 아이에게 그렇게 말한 모양이었다. 어떻게 된 걸까. 민영은 윤서의 말을 곱씹었다. 같이 살지는 않지만 가끔은 만난다고 하니, 어디 외국에 갔다거나 한 것은 아닌 듯했다. 별거, 아니면 이혼일까? 그나마 다행히 아이는 아빠가 좋다고 했다. 적어도 수린과 함께 아이를 학대하는 사람은 아닌 것 같았다.

민영은 잠시 생각을 정리하고는 윤서에게 나직한 어조로 말했다.

"윤서, 아줌마 좀 도와줄래?"

아빠랑 살게 해줄 테니까. 뒷말은 삼켰다. 민영은 여전히 스스로에게 자신감을 가질 수 없었다. 하지만 해맑게 고개를 끄덕이는 아이를 보고는 용기를 내기로 했다.

민영은 우선 컴퓨터를 켜서 자신의 이야기를 적었다. 18년 전, 도망치듯 전학 간 이후 아무에게도 말하지 못했던 수린과의 이야기를. 잘 쓴 문장은 아닐지라도 읽는 이가 진정성을 느낄 수 있도록 진심을 담아 썼다. 쓰면 쓸수록 덜 아문 상처를 다시 헤집는 듯한 고통이 느껴졌지만, 처음으로 과거의 자신과 오롯이 마주하는 기분이 들었다.

그러고 나서는 윤서와 함께 영상을 찍었다. 나란히 앉아 자신들의 이야기를 했다. 아이의 얼굴과 몸을 드러내는 것은 망설여졌지만, 윤서의 얼굴은 이미 수린의 SNS를 통해 많이 알려진 터였다. 얼굴을 숨기거나 자신만 찍는 것보다는 드러내는 쪽이 두 사람에게 더 도움이 될 거라 애써 합리화했다.

촬영이 끝난 후, 민영은 윤서에게 아빠의 연락처를 물어봤다. 다행히 아이는 아빠의 전화번호를 외우고 있었다. 민영은 아이와 찍은 영상을 그리로 보냈다. 구구절절한 설명보다는 이해가 빠를 것이라는 판단에서였다. 민영의 생각이 맞았는지 영상을 보내고 얼마 안 되어 윤서 아빠에게서 전화가 왔다. 누구시죠? 전화기 너머 남자의 목소리는 무척 떨리고 있었다.

민영은 그에게 자신의 계획을 담백하게 말해줬다. 차수린의 과거 폭력과 아이에 대한 학대를 폭로하겠노라고. 만약 그가 반대한다면 자신의 글만 올리고 윤서와 찍은 영상은 공개하지 않을 생각이었다. 하지만 윤서 아빠는 잠시 망설이다가 결국 민영의 계획에 수긍했다. 그가 윤서를 데려가려면 그 방법밖에 없다는 민영의 설득이 효과가 있었던 듯했다.

윤서의 아빠와 통화를 마치고, 민영은 자신의 글과 영상을 인터넷에 올리기 시작했다. SNS 같은 건 즐겨하지 않았지만, 웹 디자인 일을 해온 덕에 어떤 온라인 커뮤니티가 파급력이 있고 거기에 어떻게 올려야 주목받을 수 있는지 정도는 알고 있었다.

커뮤니티를 둘러본 민영은 스마트폰을 켜 수린의 인스타그램에 들어갔다. 그런데 수린의 계정이 폐쇄되어 있었다. 민영은 수린이 자신의 글과 영상을 봤음을 직감했다. 때가 됐다. 그녀는 인스타그램을 끄고 수린의 전화번호를 눌렀다. 잠시 신호음이 울리다 수린의 신경질적인 목소리가 들려왔다. 여보세요.

민영은 손으로 가슴을 지긋이 눌렀다. 심장이 터질 것 같았다. 너무 긴장한 탓일까, 의외로 민영의 입에서는 건조한 목소리가 나왔다.

"네 딸을 데리고 있어."

해가 진 시간임에도 놀이공원의 밤은 휘황찬란했다. 민영은 작은 한숨을 내쉬며 아빠와 함께 신나게 회전목마를 타고 있는 윤서에게 손을 흔들어줬다. 이렇게 좋아하는데 한 번을 안 데려왔단 말인가. 심지어 이 놀이공원은 윤서의 집에서 10분도 안 되는 거리에 있다.

인터넷에 글과 영상을 올린 후, 민영은 윤서에게 어디 놀러가고 싶은 곳이 있느냐고 물었다. 윤서는 망설임 없이 한 놀이공원을 말했다. 수린의 집 바로 앞에 있는 곳이라 처음엔 당황했지만, 한 번도 못 가봤다는 윤서의 말에 그곳으로 가기로 결심했다. 아이가 집에서 빤히 보이는 놀이공원을 매일 보며 얼마나 가고 싶었을까 생각하며.

놀이공원에 도착해 신나게 뛰노는 윤서를 지켜보는 사이, 윤서의 아빠가 도착했다. 회사에 있을 평일 낮 시간임에도 바로 달려온 그의 모습이나 그런 그에게 달려가 안기는 윤서를 보니, 자신의 판단이 틀리지 않은 것 같아 민영은 마음이 놓였다.

수린에게는 이곳으로 오라고 했다. 전화기 너머 수린은 미친 듯 소리 질렀지만, 민영은 차분히 자신이 할 말만 하고는 전화를 끊었다. 처음엔 터질 듯 두근거리던 심장도 점차 잠잠해졌다. 더 이상 수린이 두렵지 않았다.

그리고 약속한 시간이 된 지금, 저 멀리서 수린이 이쪽을 향해 걸어오는 모습이 보였다. 언제 회전목마에서 내렸는지 윤서가 제 엄마의 모습을 보고는 민영 뒤에 숨어 손을 꼭 잡았다. 민영도 윤서의 손을 힘주어 맞잡았다.

"괜찮겠어요?"

윤서 아빠는 그런 둘의 모습을 보며 걱정스레 물었다. 그 또한 수린에게 아이를 빼앗기고 이혼당한 피해자였으나 지금은 윤서와 민영을 더 걱정하고 있었다. 좋은 사람이다. 민영은 그점에 다시 한번 안도했다. 그러고는 허리를 곧게 펴고 점점 다가오는 수린을 똑바로 쳐다보며 말했다.

"괜찮아요. 할 수 있어요."

윤서 아빠는 걱정스런 얼굴로 민영을 바라봤다. 등 뒤의 윤서는 어른들의 이야기를 이해했는지 민영의 손을 더 꼭 잡았다. 수린은 이제 표정이 보일 정도로 가까이 와 있었다. 예쁜 얼굴이 분노로 온통 일그러져 있었다.

민영은 크게 숨을 들이쉬었다. 더 이상 배가 아프지 않았다.

"오랜만이네?"

조립형 인간

김이담

1 ____   만나다

여자가 남자의 손목에 박혀 있는 '실금 같은 흉터'를 목격한
건 찰나의 순간이었다. 회사 11층 엘리베이터에서 내리던 여자
가 실수로 품에 안고 있던 서류들을 바닥에 와르르 쏟아버린
날의 일이었다. 곁에 있던 직원들이 머뭇거리다가 여자를 지나
치는 가운데, 문이 열린 엘리베이터에 오르려던 남자가 불편한
치마 때문에 엉거주춤한 자세로 서류를 줍고 있는 여자 앞에
멈춰 섰다. 그러고는 허리를 굽혀 흩어진 서류들을 줍기 시작했
다.

여자는 그전까지 남자와 대화를 나눠본 적이 없었다. 이윽고 몸을 일으킨 남자가 건네준 서류 뭉치가 여자와 남자의 '최초의 대화'였다. 당황한 여자는 고맙다는 말도 하지 못하고 서류를 건네받았다. 그때 남자의 와이셔츠 소매가 살짝 올라가며 하얀 손목이 드러났다. 손목에 있는 가는 금 같은 흉터도. 남자가 엘리베이터를 타고 떠난 후, 여자는 가슴이 쿵쾅거려 쉽게 걸음을 옮길 수 없었다. 분명 그 사람이었다. 입사하던 날, 한눈에 들어왔던 남자. 남자의 손목에 있던 그 흉터는 무엇이었을까? 그가 혹시라도……. 생각에 잠겼던 여자는 어디선가 자기를 부르는 팀 사수의 목소리가 들리는 것 같아 화들짝 놀라 고개를 들었다.

여자는 회사에서 상반기에 선발한 열 명의 대졸 인턴 중 하나였다. 국내에서 손꼽히는 대기업에서 그 자리라도 얻기 위해 얼마나 부단한 노력이 필요했는지 모른다. 한 번의 서류 전형과 두 번의 면접 전형을 통과하는 동안 안 그래도 왜소한 체구의 여자는 스트레스 때문에 파리하게 말라갔다. 하지만 진짜 경쟁은 수많은 지원자를 이기고 인턴이 된 순간부터였다. 인턴 열 명에게 6개월간 업무를 맡겨본 후 평가를 거쳐 그중 절반인 다섯 명만 정규직으로 전환하겠다는 회사의 지침 때문이었다. 절반, 50퍼센트의 확률. 지금까지 거쳐온 세 차례의 전형에 비하면 훨씬 높은 확률이었다. 하지만 정규직의 문이 눈앞으로 다가온 만큼, 다른 인턴들도 만반의 준비를 하고 있을 게 분명했다. 절반의 사람이 정규직이 되지만, 결국은 자신을 제외한 아홉 명의 사람과 싸워야만 하는 게임이었다.

처음 아홉 명의 인턴과 마주하던 날, 여자는 그들과 나란히 서서 입사 기념사진을 찍으면서 등이 서늘해지는 것을 느꼈다. 옆에 서 있는 그들이 동료라고는 느껴지지 않았다. 자신감이 넘치는 얼굴로 웃고 있는 그들이 언젠가는 돌변해 여자의 등에 칼을 꽂을 것만 같았다. 앞으로 고꾸라질 것만 같은 '출발 준비' 자세를 취한 채로 심판이 호루라기를 불기를 기다렸던 운동회 달리기 시간이 떠올랐다. 그때 세상은 눈앞에서 얼마나 어지럽게 돌고, 심장은 또 얼마나 터질 듯이 다급하게 뛰었던가. 회사에서는 아무도 여자를 위해 호루라기 같은 걸 불어주지 않았다. 그래서 언제 달리기가 시작되는 것인지, 출발점은 어디에 있는지 여자는 알 수가 없었다.

여자는 그녀를 포함한 네 명의 여자 인턴 중 나이가 가장 많았다. 어쩌면 제자들 중 누군가는 훗날 이런 상황에 처할 것을 예감이라도 했던 걸까, 여자가 유독 따랐던 고등학교 2학년 남임 선생님은 학생들에게 준비의 중요성에 대해 강조하곤 했었다. '중요한 것은 시기가 아니다. 준비도 안 된 상태에서 무언가를 해내려고 욕심을 부려선 안 된다. 인생은 길다. 부디 조급해하지 말아라. 우화하는 시기를 현명하게 판단한 나비가 추위에 얼어 죽지 않고 오래 날 수 있다.' 포장마차에서 안주로 번데기를 먹을 때마다 여자는 선생님의 말을 떠올렸다. 과연 그런가, 중요한 것은 정말로 시기가 아닌가.

항상 부족한 어학 성적이 콤플렉스였던 여자는 대학교를 졸업한 후 영어 실력을 끌어올리기 위해 워킹홀리데이 비자를 받아 호주로 떠났다. 하지만 어떤 오지도 영어를 능숙하게 하지 못하는 그녀에게 일자리를 주지 않았다. 그녀는 결국 브리즈번의 한식당에서 몇 개월간 웨이트리스로 일하다가 세컨드 비자를 얻기 위해 고기 공장으로 갔다. 그리고 1년 넘게 그곳에서 천장에 열매처럼 주렁주렁 매달려 있다가 썰려 나오는 양고기들을 패킹했다. 호주에서 보낸 2년여간의 시간은 여자의 영어 실력을 그다지 향상시켜주지 못했지만, 한국에서 아르바이트를 했다면 벌 수 없었을 정도의 돈은 벌 수 있게 해주었다. 그 돈으로 여자는 어학 시험을 준비할 비용과 자격증 학원에 다닐 비용을 마련했고, 엄마의 까맣게 썩은 어금니 두 개를 인공

치아로 바꿔줄 수도 있었다. 여자는 값진 경험을 했다고 생각
했다.

두 종류의 어학 점수와 전공을 뒷받침해줄 세 개의 자격증
을 준비한 후 본격적으로 구직을 시작했을 때 여자는 스물여덟
살이 되어 있었다. 그때부터 공고가 뜨는 대로 여러 회사의 공
채에 지원했지만, 서류 합격조차 쉽지 않았다. 겨우 서류 전형
에 통과해 1차 면접을 보러 간 회사에서는 나이에 비해 사회 경
험이 적다는 게 흠으로 꼽혔다. 면접을 보러 간 여자 옆에는 여
자보다 서너 살은 어린, 해사하고 총명한 얼굴의 여자들이 앉
아 있었다. 그녀들이 인턴 경력이나 업무 관련 대외 활동 경험
에 대해 말할 때 여자는 저절로 주눅이 들었다. 1년간 정규직으
로 취업하지 못한 여자는 결국 인턴으로 눈을 낮춰야 했다.

어느덧 대졸 인턴으로 출근한 지 2개월이 지나가고 있었다.
정규직 전환 평가까지 남은 날을 헤아릴 때마다 여자는 이 모
든 과정이 눈 깜짝할 새에 광속으로 지나갔으면 좋겠다 싶으면
서도, 한편으로는 사형 집행을 기다리는 사형수처럼 두렵고 겁
이 나 정신을 차릴 수 없었다. 열 명의 인턴 중에서 자신이 어느
정도의 위치에 있는지, 얼마나 윗선의 인정을 받고 있는지, 일
의 능률은 어느 정도인지 궁금하면서두 동시에 끝까지 모르고

싶기도 했다. 여자는 성실한 편이었고 주어진 일에 최선을 다하고 있기는 했지만, 결심한 것과 달리 놓치는 것도 많았고 덤벙거리는 구석도 있었다. 그래서 같은 팀 사수는 은근히 여자를 답답하게 여기고 무시하는 것 같았다. 사수는 여자와 나이가 같았지만 입사한 지 3년 차가 된 어엿한 정규직 사원이었다. 한 번도 동갑이라고 살갑게 대해주지 않는 사수의 차가운 목소리를 들을 때마다 여자는 그 목소리의 온도가 어쩐지 인턴 기간이 끝났을 때 여자가 맞닥뜨리게 될 운명을 예고하는 것만 같아 불길하고 우울했다.

그 남자, 여자가 떨어뜨린 서류를 주워준 그는 나머지 아홉 명의 인턴 중 하나였다. 키가 크고 인물이 훤칠한 남자는 입사 기념사진을 찍을 때부터 눈에 띄었다. 하지만 배정된 부서의 층이 다르기도 하고 어울릴 만한 자리가 따로 마련되지도 않아서 여자는 여태껏 남자와 개인적인 대화를 나눈 적이 없었다. 여자가 대화를 나눠본 인턴들이라고는 같은 층에서 일하는 세 명의 인턴이 유일했는데, 그들은 마음 저변에 깔려 있는 경쟁심과 경계심 때문인지 여자와 인사를 나누거나 가벼운 대화를 하면서도 자신에 대한 정보를 거의 노출하지 않았다. 빈자리의 전화를 당겨 받은 여자가 응대하지 못해 쩔쩔매고 있을 때, 또는 실수를 저질러 사수에게 면박을 당하고 있을 때, 그들은 곁을 지나가다 여자와 눈이 마주쳐도 못 본 척 고개를 돌려버렸다. 어쩌면 경쟁 상대의 나약한 모습을 보며 기본적으로 한 명은 제친 거나 다름없다고 쾌재를 불렀을지도 모른다. 그러므로 남자가 침묵 속에서 주워준 서류들은 여자가 아홉 명의 경쟁 상대에게서 받은 유일한 호의였고, 여자는 그 순간 처음으로 그녀의 마음을 겹겹이 감싸고 있던 단단한 장벽 하나가 허물어지는 것을 느꼈다.

2 ____ 보다

얼마 후, 회사가 주관하는 외부 행사가 호텔식 웨딩으로도 유명한 한 빌딩에서 진행되는 날이었다. 외부 인사가 대거 참가하는 행사의 원활한 진행을 위해 인턴들이 스태프로 투입되었다. 그곳 로비에서 여자는 다시 남자와 마주쳤다. 정장을 깔끔하게 차려입은 남자는 다른 인턴들에 둘러싸여 있었다. 남자에게 말을 거는 인턴들의 얼굴에는 호의가 깃들어 있었다. 저들이 언제부터 저렇게 가까워진 걸까. 그럴 만한 계기와 기회라도 있었던 걸까. 여자는 이질감과 외로움을 느꼈다.

행사가 시작되자 인턴 무리는 비로소 뿔뿔이 흩어졌다. 여자는 행사 참가자들이 쉬는 시간마다 먹고 마실 물품과 행사 팸플릿 등을 준비하는 역할을 맡았다. 그 역할을 맡은 건 열 명의 인턴 가운데 여자와 남자, 둘밖에 없었다. 로비에 바글바글 모여 있던 사람들이 행사장으로 다 들어가고 나자 겨우 정적이 찾아왔다. 여자는 그제야 남자에게 안녕하세요, 하고 먼저 말을 걸 수 있었다. 여자로서는 나름 용기를 내본 것이었다. 그리고 그 용기는, 남자는 기억하지 못할지라도, 남자가 여자의 서류를 주워주었던 그 짧은 순간에서 기인되었다. 남자는 고개를 돌려 여자를 쳐다보았고, 시원하게 웃으며 안녕하세요? 하고 대꾸했다. 인사가 늦었네요. 11층 영업 관리팀에 계시는 거 맞죠? 남자가 선한 미소를 지으며 그렇게 물었을 때, 여자는 그 목소리의 따뜻한 온도에 녹아내릴 것만 같았다.

그것을 시작으로 남자와 여자는 사람들이 다시 로비로 쏟아져 나올 때까지 긴 시간을 오직 단둘이서 대화하는 것으로 보냈다. 사람들이 잠깐 쉬러 나왔다가 들어가고, 다시 잠깐 쉬러 나왔다가 들어갈 때마다, 밀회처럼 그들만의 시간이 계속 이어졌다. 남자는 여자보다 한 층 높은 12층의 신사업 기획팀에 소속되어 일하고 있었고, 나이는 여자보다 한 살 어렸으며, 명문대 경영학과를 졸업한 재원이었다. 여자가 '희주'라는 이름을 남자에게 알려주자, 남자도 '재현'이라는 이름을 여자에게 알려주었다. 이제 그들은 회사에서 마주칠 때마다 서로의 이름을 부르고 인사할 수 있는 사이가 된 것이다.

조금 늦게 점심시간이 왔다. 주어진 도시락을 빨리 해치운 여자가 비상구 계단에 앉아 숨을 돌리고 있을 때, 여자 인턴 두 명이 아래층의 문을 통해 비상구 통로로 들어왔다. 여자는 그들이 목소리를 낮춰 도란도란 떠드는 말을 듣고 그들이 누구인지를 알았다. 아, 진짜 짜증 나. 숨 막혀 죽겠어. 미친 새끼, 지가 사수면 다야? 사수가 권력인 것처럼 굴어. 별 같잖은 트집을 다 잡는다니까. 그렇게 시작된 대화는 인턴을 무시하는 직원들에 대한 흉, 무능하고 매사에 공평하지 않은 팀장에 대한 흉, 그리고 다른 인턴들에 대한 흉으로 이어졌다.

여자는 어느새 숨을 죽이고 사진의 피사체처럼 가만히 멈춘 채 그들의 대화에 귀를 기울이고 있었다. 아무튼 내가 정규직만 되면 진짜……. 그런데, 너는 우리 중에 누가 될 것 같아? 한 인턴이 묻자 다른 인턴이 글쎄, 일단 재현 씨는 되겠지. 평도 좋고 일도 잘하잖아. 모두들 재현 씨를 좋아해, 하고 대꾸했다.

있지, 저번에는 같이 새벽까지 야근하고 들어갔거든. 나는 다음 날 계속 하품만 나고 피곤해 죽겠는데, 재현 씨는 오히려 더 생기 있는 모습인 거야. 어쩌면 그렇게 체력도 좋지. 팀장이 무슨 일을 시키든지 제시간에 딱딱 해온다니까. 그러니까 사랑받는 게 당연해. 옆에서 보고 있으면 신기해 죽겠어. 그렇게 대화를 이어가던 그들은 어느 층에선가 비상구 문이 열리는 소리가 나자 곧바로 말을 끊고는 건물 안으로 후다닥 사라져버렸다.

행사가 막바지에 이르렀을 때였다. 한 차장이 남자를 불러 상자에 담긴 물품들을 지하로 옮기게 했다. 여자도 도우려고 했지만, 그러기에는 상자가 너무 크고 무거웠다. 결국 여자는 상자를 든 남자가 탈 수 있도록 엘리베이터를 잡아주는 역할을 하기로 했다. 남자는 그 무거운 상자를 양팔로 들고서도 그다지 힘들어 보이지 않았다. 오히려 엘리베이터가 올라오기를 기다리는 동안, 곁에 선 여자에게 농담을 하기도 했다. 마침내 엘리베이터가 도착해 문이 열리고 남자가 타려고 하는 순간, 안에 타고 있던 중년의 사내 하나가 갑자기 바깥으로 튀어나왔다. 그 사내와 부딪히며 뒤로 밀린 남자가 벽에 쿵 세게 부딪혔다. 미안하다는 말도 없이 행사장 쪽으로 뛰어가는 사내를 눈으로 좇던 여자는 얼른 고개를 돌려 남자를 바라보았다. 재현 씨, 괜찮아요? 여자가 버튼을 누르자 닫히려던 엘리베이터 문이 다시 스르르 열렸다. 네, 아……. 그런데……. 남자는 처음으로 여유를 잃은 얼굴로 바닥을 두리번거렸다. 여자의 시선이 남자를 따라 자연스럽게 바닥으로 향했다. **바닥에, 남자의 손이 떨어져 있었다.**

3_____ 듣다

며칠이 지난 저녁이었다. 퇴근 시간이 되기 조금 전부터 비가 내리고 있었다. 우산이 없는 여자가 지하철역까지 뛰어갈 요량으로 회사 로비의 출입문으로 나왔을 때, 우산을 펼치며 밖으로 나가는 직원들 가운데에 남자가 우뚝 서 있었다. 남자와 여자의 눈이 정면에서 마주쳤다. 남자는 시선을 피하지 않았다. 희주 씨, 하고 남자가 여자를 나지막이 불렀다. 여자는 움찔 몸을 떨었다. 우산을 가져오지 않았나 봐요? 저랑 같이 가는 게 어때요? 남자는 권유하듯이 말했지만, 여자에게는 명령처럼 들렸다. 하지만 중력에 눌리듯이 여자는 그 말을 거부할 수 없었다.

건물 밖으로 완전히 나오자 쏟아지는 빗줄기에 여자의 오른쪽 어깨가 젖어갔다. 남자는 손을 내밀어 여자의 어깨를 제 우산 속으로 끌어당겼다. 희주 씨. 남자의 낮은 목소리가 우산의 둥근 궤도 속을 울렸다. 여자는 며칠 전 그녀가 엘리베이터 앞에서 목격한 게 차라리 꿈이었으면, 하고 바랐다. 하지만 남자는 아직 아무한테도 얘기 안 하셨죠? 하고 물음으로써 그게 꿈이 아니었음을 확인시켜주었다. 거대한 비밀이 터널처럼 여자의 눈앞에 펼쳐졌다. 터널의 아득한 어둠 속에서 남자가 물었다. 희주 씨, 그렇다면, 앞으로도 제 비밀을 지켜줄 거라고 믿어도 되겠죠? 희주 씨를, 제가 믿어도 되겠죠? 여자는 자신이 손아귀에 갇혀 파닥거리는 나비 같다고 느꼈다. 마리오네트처럼 삐걱거리며 여자의 다리가 앞으로 움직였다.

남자는 여자를 지하철역으로 데려다주지 않았다. 남자가 여자를 이끌고 걸음을 옮긴 곳은 골목 안으로 한참을 들어가야 나타나는 작은 펍이었다. 펍의 내부는 어두침침했고, 손님이라고는 남자와 여자뿐이었다. 먼지가 쌓인 선반에는 온갖 통일성 없는 장식품들이 놓여 있었고, 천장에는 누런 전등이 금방이라도 떨어질 것처럼 비스듬히 걸려 있었다. 남자는 여자를 구석진 자리에 앉혔다. 여자는 아무것도 마시고 싶지 않았다. 그럴 기분이 아니었다. 재현 씨는, 뭐예요? 여자가 물었다. 남자는 손가락을 뻗어 테이블을 피아노라도 치듯이 두드렸다. 살과 뼈로 이루어진 그 손은 분명 의수 같은 게 아니었다. 하지만 남자에게서 마치 도마뱀의 꼬리처럼 분리될 수가 있었다. 희주 씨는 저 같은 인간을 아직 만나본 적이 없나 보군요? 남자는 태연하게 말했다. **저는 그러니까, 조립된 인간이죠.** 예를 들자면 레고처럼.

그들 앞에 차가운 맥주가 놓였고, 남자는 이야기를 시작했다. 여자는 감옥처럼 작고 어두운 펍에서 남자의 기묘한 이야기 속으로 끌려들어갔다. 남자의 부모는 좋은 집안에서 태어나 고등 교육을 받고 번듯한 자리에 오른 지식인들이었다. 어디를 가든지 주위의 부러움과 존경을 받았다. 영리한 계산의 결과로 부부가 된 그들은 이제 그들의 우수한 유전자를 이어받을 자식을 원하게 되었다. 하지만 계획적인 임신으로 태어난 자녀들은 그들의 기대에 미치지 못했다. 육체적인 자질이 부족하거나, 병이 있거나, 머리가 나쁘거나, 마음이 나약해 작은 시련도 견디지 못했다. 좌절해 있던 부부는 조립형 인간을 만들어준다는 연구소에 대한 소문을 들었다. 소문에 따르면 그 연구소는 여러 아이의 몸을 조각내고 가장 우수한 부분끼리만 결합해

단 한 명의 완벽한 인간을 만들어낼 수 있었다. 부부는 수소문 끝에 그들의 자녀들을 모두 데리고 연구소를 찾아갔다. 그리고 '조립'을 부탁했다. 그 뒤의 과정은 여러 부품을 결합해 잘 나가는 자동차 한 대를 조립하는 것과 다르지 않았다. 신중한 분석과 설계를 바탕으로, 차근차근 한 사람이 만들어져갔다. 열등한 조건에서 완전히 벗어난 자식, 결함이 없는 자식이 마침내 완성되었다.

여자는 맥주잔을 꽉 쥔 채로 남자를 바라보았다. 남자는 이목구비가 뚜렷하고 선한 얼굴로 웃고 있었지만, 어쩐지 눈앞의 상대가 아니라 사진 속의 사람을 바라보는 것 같은 이질감만이 느껴졌다. 그 말이 사실이라면, 재현 씨는 누구죠? 누구라고 생각해야 하는 거예요? 여자의 말에 남자가 대꾸했다. 나는 모든 것이죠. 내 부모가 자식에게 바랐던 모든 것. 내 선생님이 제자에게 바랐던 모든 것. 회사가 인턴에게 바랐던 모든 것. 인턴들이 동료에게 바랐던 모든 것. 그러니까, 이 사회가 사람에게 요구하는 모든 것이 바로 나라는 인간이죠. 희주 씨는 어떤가요? 희주 씨는 왜 내 앞에 앉아 이런 얘기를 듣고 있는 거죠? 도망치지 않고요? 내가 당신을 이끌었을 때 왜 순순히 나를 따라왔나요? 스스로에게 물어보세요. 나한테 기대하는 것이 있어서가 아닌가요? 있죠, 희주 씨, 나는 이런 상황이 아주 익숙해요. 나를 싫어하는 인간을 단 한 번도 만난 적이 없거든요. 나는 상대가 원하는 모든 조건에 나를 맞출 수 있어요. 생김새도, 키도, 목소리도, 취향도, 재능도. 나한테 혹시라도 부족한 부분이 생긴 것 같다고 느끼면, 내 부모는 연구소에 가서 어떻게든 더 우수한 '부품'을 구해오죠. 그럼 그것으로 교체하기만 하면 그만이에요. 시력이 나빠지든지, 다리가 부러지든지, 머리가 망가지든지 문제 될 게 없죠.

여자가 비틀거리며 펍을 나섰을 때 비가 그친 밤하늘에는 거짓말처럼 선명한 초승달이 떠 있었다. 여자는 남자의 손목에 남아 있던 '조립의 흔적'처럼 빛나고 있는 그 둥글고 가는 달을 올려다보았다. 왔던 길을 되짚어 긴 골목을 빠져나오자 사람들이 지나다니는 평범한 대로가 나타났다. 가로등 불빛 아래에서 걸음을 멈춘 여자는 오가는 사람들을 멍하니 쳐다보았다. 어떤 남자의 얼굴이 불현듯 조립형 인간처럼 보였다. 어떤 여자의 걸음걸이가 불현듯 조립형 인간처럼 보였다. 어떤 사람의 팔과 다리가, 어떤 사람의 목소리가, 어떤 사람의 손짓이, 어떤 사람이 품에 안고 가는 아이가 불현듯 조립형 인간처럼 보였다. 여자는 숨이 막혔다. 보도블록에 고여 있는 빗물을 밟으며 여자는 정신없이 달리기 시작했다.

4_____   감추다

날이 밝고 정신이 들자 여자는 간밤에 있었던 일들이 모두 꿈속의 일만 같았다. 출근하자 평소와 조금도 다름없는 하루가 펼쳐졌다. 팀 사수는 웃음기가 하나도 없는 딱딱한 얼굴로 여자에게 할 일을 지시했고, 같은 층의 사람들은 여자를 데면데면하게 대했으며, 사내 식당에서 마주친 남자 역시 여자에게 눈인사를 할 뿐 간밤의 일에 관해 아무런 내색도 하지 않았다. 하지만 기계적으로 밥과 반찬을 떠먹으면서도 여자는 남자에게서 눈을 뗄 수 없었다. 남자의 곁에는 같은 팀 직원들이 한식구처럼 다정하게 붙어 앉아 밥을 먹고 있었다. 남자가 무슨 얘기를 하는지 그가 입을 열 때마다 사람들은 아하하, 크게 웃음을 터뜨리며 즐거워했다.

의도한 것은 아니지만, 여자는 남자의 비밀에 대해 함구하게 되었다. 애초에 누군가에게 말한다고 해서 믿어줄 만한 얘기도 아니었다. 사람들은 여자가 같은 인턴인 남자의 평판에 흠집을 내려고 말도 안 되는 얘기를 지어냈다고 생각할 것이다. 아니면 정신과를 찾아가보라고 등을 떠밀지도 모른다. 여자의 생각은 더욱 확장되어, 어쩌면 이 회사 내부에 남자와 같은 부류의 인간들이 존재해 서로의 비밀을 지켜주고 있을지도 모른다는 데까지 나아갔다. 여자에게는 그들의 비밀을 폭로할 용기가 없었다. 오히려 그들의 존재를 인정하자 지금까지 살아오는 동안 아무리 노력해도 따라잡을 수 없는 인간들이 있었던 것이 납득이 갔다. 다만 그런 인간들이 여자가 앞으로 살아갈 세계에서는 부디 소수이기를, 여자는 순수하게 바랐다.

남자는 비밀을 지킨 대가를 여자에게 주었다. 시작은 남자가 마련한 인턴들의 저녁 모임에서였다. 처음으로 한자리에 모인 인턴들이 조심스럽게 꺼낸 이야기들이 소용돌이치듯이 남자를 중심으로 흐를 때마다, 남자는 미소를 띤 얼굴로 여자를 치켜세웠다. 음, 제 생각은 희주 씨와 같아요. 희주 씨 의견이 좋다고 생각해요. 아아, 지난번 그 일은 사실 희주 씨가 저를 도와줬던 거예요. 희주 씨가 겉보기에는 조용해 보여도, 생각이 깊고 배울 점이 많은 분이더라고요. 남자가 그렇게 여자를 칭찬하고 나서자, 그것은 남자가 '먼저 발견한' 여자의 분명한 장점이 되어 나머지 인턴들의 공감을 이끌어냈다. 그 모임 이후부터 인턴들은 여자에게 관심을 가지기 시작했다. 지금까지는 엘리베이터에서 마주치거나 계단, 복도에서 마주쳐도 모른 척 지나가곤 했던 인턴들이 여자에게 먼저 다가와 인사를 하기 시작한 게 그 증거였다. 여자가 복사기 앞에서 쩔쩔매거나 물건들을 나르고 있을 때면, 부탁하지 않았는데도 같은 층의 인턴들이 앞다퉈 여자를 도와주기도 했다.

남자가 만들어낸 변화는 거기에서 그치지 않았다. 여자가 맡은 업무를 파악한 남자는 아예 업무의 가이드라인을 만들어왔다. 그동안 무턱대고 흙으로 모래성을 쌓듯이 만들었던 기획안에도 구체적인 피드백이 따랐다. 남자의 손을 거치자 전형적이고 색깔이 없었던 여자의 작업물은 팀장이 인턴에게 기대한 창의적이고 혁신적인 아이디어의 집합체로 바뀌어 있었다. 심지어 남자는 여자의 팀원들에 대한 정보도 귀띔해주었다. 그들의 취향, 관심사, 회사 내 다른 직원들과의 관계부터 그들이 준비하고 있는 차기 프로젝트에 대한 정보까지. 그 놀라운 양의 정보가 '조립'되자, 여자가 일을 수행하는 속도나 수준이 눈에 띄게 향상된 것은 당연했다. 정규직 전환에 상당한 영향을 미치는 것으로 알려진 월말 본부 업무 평가 자리에서 본부장까지 여자를 칭찬하고 나서자 다른 직원들도, 여자를 무시했던 사수도 여자를 인정할 수밖에 없게 되었다. 자신을 억누르던 무거운 공기가 사라지자 여자는 자신감을 얻었다. 전에는 주저하고 머뭇거리느라 말하지 못했던 것들을 말할 수 있게 되었고, 덤벙거리거나 실수를 하는 일도 손에 꼽힐 정도로 줄어들었다.

여자는 절박했다. 이번에 정규직이 되지 못한다면 더 이상 갈 곳이 없을 것만 같았다. 인생은 길다던 고등학교 2학년 담임 선생님의 말을 신뢰할 수 없었다. 재작년 아버지가 구조 조정으로 다니던 회사를 나온 후, 여자의 가족은 아버지가 벌어놓은 돈을 조금씩 갉아먹으며 연명하고 있었다. 여자의 남동생은 이제 막 군대에서 전역해 대학교를 다니고 있었고, 부모님은 다시 일자리를 구하기에는 나이가 많아, 돈을 벌 수 있는 식구라고는 여자가 유일했다. 여자는 가족을 책임지고 싶었다. 가족의 희망이 되고 싶었다. 또래보다 말을 늦게 시작한 남동생에 비해 여자는 어릴 적부터 배우는 속도가 빠르고 영리한 편이었다. 학창 시절 전국 규모의 큰 논술 대회에서 대상을 받았던 적도 있었다. 이제는 이력서에도 쓸 수 없는 이력이지만, 10년도 더 지난 그 기억은 여자의 자존심이었다. 여자는 자신이 쓸모없는 사람이 될 거라고는 생각해본 적이 없었다. 어딘가에는 여자의 진가를 알아보는 곳이 있을 거라고 믿었다. 하지만 서른을 코앞에

둔 지금은 그 믿음이 점점 퇴색하고 있었다. 여자는 늦지 않았다는 것을 자신과 가족에게 증명하고 싶었다. 그러려면 남자의 비밀을 감춰주는 데 일조하고서라도 그의 도움을 이용해야만 했다.

5___ 충돌하다

언니, 희주 언니. 밤늦게까지 일을 하다 화장실을 찾은 여자를 누군가 불렀다. 뒤를 돌아보니 남자와 같은 12층에서 일하는 여자 인턴이 서 있었다. 남자를 중간에 끼고 몇 차례 만난 후부터 인턴은 여자를 '희주 언니'라고 친근하게 부르고 있었다. 민지 씨, 안녕. 여자가 인턴에게 알은체했다. 인턴은 망설이다가 여자에게로 다가왔다. 인턴이 여자의 이름을 알기 전부터, 여자는 사실 그 인턴을 알고 있었다. 입사 기념사진을 찍을 때 그 인턴은 여자의 바로 옆에 서 있었다. 그때 주변의 인턴들을 훑어보던 그녀의 눈빛을, 경쟁심에 활활 타오르던 그 눈동자를 여자는 보았다. 언니, 저…… 묻고 싶은 게 있는데요. 인턴이 꾹 다물었던 입을 열었다.

언니, 혹시 재현 씨랑 사귀는 거예요? 그런 얘기가 돌아서요. 여자가 부인하자 인턴은 재차 확인하듯 물었다. 정말, 정말로 사귀는 게 아니에요? 그냥 동료인 거라고요? 여자가 고개를 끄덕이자 인턴은 여자의 얼굴을 빤히 바라보았다. 언니⋯⋯. 그러면 재현 씨가 왜 그렇게 언니를 챙겨줘요? 궁금해서 물어보는 거예요. 우리 이제 정규직 전환 평가까지 한 달도 남지 않았잖아요. 제가 인사팀 사람이랑 친해서 얘기를 들었는데, 전환 대상자에 해당하는 다섯 명이 거의 추려졌다고 하더라고요. 듣기로 재현 씨는 확정이고 언니도 포함되었다고⋯⋯. 그런데 언니도 아세요? 우리 회사가 여자 인턴을 거의 정규직으로 뽑지 않는다는 사실을요. 여자 인턴 중에서는 아마 한 명만 정규직이 될 거라고, 다들 그렇게 생각해요. 원래 순위에 들었던 건 저였는데⋯⋯. 저 정말 열심히 했거든요. 팀에서 출근도 가장 먼저 하고, 새벽까지 일하다 들어가고, 자료 조사랑 리포트 만드는 것도 영혼을 바치다시피 했다고요. 언니, 저 진짜 절박해요. 꼭 정규직이 돼야 해요. 제가 고등학생 때부터 줄곧 오고 싶었던 회사가 여기예요. 그런데 왜⋯⋯ 왜 갑자기 언니가 주목을 받는 거예요? 언니는 저만큼 열심히 하지 않았잖아요. 있는 듯 없는 듯 지냈잖아요. 그런데 왜 재현 씨가 언니를 챙겨주고, 언니가 제 자리를 보란 듯이 가로채는 거냐고요.

인턴이 여자의 손목을 붙잡았다. 강한 악력 때문에 여자는 통증을 느꼈다. 민지 씨, 이거 놔. 여자가 말했지만 인턴은 손을 풀지 않았다. 저 진짜 절박하다고요. 언니가 제 처지를 알아요? 여자는 손목을 붙잡은 인턴의 손을 떼어내려고 했지만 마음대로 되지 않았다. 손목이 견딜 수 없이 아파지자 여자는 다른 손으로 주먹을 쥐고 인턴의 어깨를 퍽, 퍽, 세게 때렸다. 너 진짜 미쳤어? 아파, 아프다고! 이거 놔! 너만 절박해? 세상에 절박한 게 너뿐이야? 밀려나기 싫으면 네가 잘했어야지, 예전에는 알은 척도 안 하다가 이제 와 언니라고 부르는 주제에, 네가 정규직이 안 되는 게 내 잘못이야? 여자의 말에 인턴의 눈이 입사 기념사진을 찍을 때처럼 무섭게 타올랐다. 여자보다 키가 한 뼘은 더 큰 인턴이 얼굴을 일그러뜨리자 여자의 가는 손목이 금방이라도 부러질 것처럼 휘청 꺾였다. 여자는 비명을 지르며 있는 힘껏 인턴을 밀쳤다. 그 순간 인턴이 휘청거리는가 싶더니, 구두를 신은 한쪽 발이 미끄러지면서 인턴의 머리가 그대로 세면대에 부딪혔다. 여자가 어떻게 막을 틈도 없었다. 묵중한 충격음이 화장실을 울린 후, 인턴은 바닥으로 쓰러졌다.

여자의 다급한 연락을 받고 화장실로 온 남자가 문을 잠근

후 상황을 살폈다. 정신을 잃고 벽에 기대어 앉아 있는 인턴의 눈꺼풀을 까뒤집은 후, 남자는 고개를 들어 여자를 쳐다보았다. 희주 씨, 어쩌려고 이런 거예요? 인턴끼리 사내 폭행이라니, 징계를 넘어서 회사에서 쫓겨날 게 뻔하잖아요. 정규직이 되고 싶었던 것 아니었어요? 그 말에 여자의 가슴이 쿵 내려앉는 것만 같았다. 안 돼요, 저 정규직이 돼야 해요. 저도 이런 상황을 바란 게 아니라고요. 걔가 갑자기 제 손목을 잡고 막 당기니까 너무 아파서, 어떻게든 놓게 하려고⋯⋯. 이런 일로 여기서 그만둘 수는 없어요. 이게 제 마지막 기회일지도 몰라요. 저 정말 절박하단 말이에요. 여자는 어느새 울고 있었다. 제발 도와줘요. 저는 재현 씨의 비밀을 지켜줬잖아요.

여자의 말에 남자는 굽혔던 다리를 펴고 일어나 여자를 바라보았다. 맞아요, 희주 씨. 남자가 말했다. 희주 씨는 내 비밀을 지켜줬죠. 고맙게 생각하고 있어요. 그러니 이번에는 내가 기꺼이 희주 씨를 도울게요. 마침 이 상황을 해결할 수 있는 좋은 방법이 떠오르기도 했고요⋯⋯. 내 부모가 지금까지 어떻게 연구소에서 더 좋은 부품을 구해왔는지 알아요? 돈으로 사는 것도 일종의 방법이죠. 하지만 돈으로 살 수 있는 건 질이 떨어져요. 정말 좋은 부품을 사려면 물물 교환을 해야 해요. 무언가를 주고 그 대가를 받는 거죠……. 민지 씨는 성격이 급하고 드세긴 하지만, 길고 매끈한 다리를 가졌군요. 팔도 길고요. 좋은 조건이에요. 희주 씨, 왜 그렇게 떨어요? 무서워할 것 없어요. 이 상황을 해결해줄 테니까. '그들'은 아주 신속하게 오거든요. 희주 씨는 오늘 민지 씨를 만난 적이 없는 거예요. 아시겠죠?

6____   사라지다

여자는 출근하고 얼마 지나지 않아 12층에서 일하던 여자 인턴 하나가 실종되었다는 소식을 들었다. 형사가 아침에 조사차 회사를 다녀갔다고 했다. 회사 엘리베이터에는 CCTV가 있지만 비상구에는 마침 CCTV가 없어, 만약 인턴이 비상구 계단을 통해 퇴근했다고 하면 몇 시쯤 회사를 벗어난 것인지 확인할 길이 없었다. 휴대폰 위치 추적을 한 결과 한참은 떨어져 있는 기지국이 잡혀 아마도 퇴근하고 집으로 가던 중 실종된 것 같다고 했다. 무슨 일인가 몰라. 세상이 흉흉해서 큰일이야. 다들 조심해서 다녀. 과장이 말하자 여자의 사수가 그게, 12층에서는 아마 사고가 아닐지도 모른다는 소문이 돌더라고요. 그 인턴이 최근에 우울증을 심하게 앓았대요, 하고 작게 소곤거렸다. 어머, 그 젊은 애가 우울증? 왜? 과장의 말에 사수는 뭐라고 더 대꾸하려다가 옆에 앉은 여자를 쳐다보고는 말을 얼버무렸다.

여자는 며칠간 악몽에 시달렸다. 늪에서 빠져나가려고 허우적거리는 여자의 다리를 실종된 인턴이 붙잡고 늘어지는 꿈이었다. 여자는 살아남기 위해 인턴의 머리를 마구 걷어찼다. 여자의 다리를 놓친 인턴은 광대뼈와 이마가 함몰된 채로 시커멓고 질퍽거리는 늪 속으로 천천히 가라앉았다. 아침에 눈을 뜨면 정말로 누군가가 다리를 붙잡았던 것 같은 섬뜩함이 다리에 남아 있었다. 너 무슨 일이라도 있니? 여자의 안색을 본 엄마가 걱정이 담긴 얼굴로 묻자 여자는 정규직 전환 평가 때문이라고 대답했다. 엄마는 평가에서 떨어져도 괜찮다고 여자를 다독였다. 하지만 엄마의 말은 고등학교 2학년 담임 선생님의 말처럼 여자에게 위로가 되지 않았다.

실종된 여자 인턴이 끝내 돌아오지 않은 상황에서, 약속된 정규직 전환 평가가 여자를 포함한 아홉 명의 인턴을 찾아왔다. 그들은 아침마다 성실히 출근했고, 사수를 비롯한 상사들에게 복종했으며, 각자에게 주어진 업무를 수행하기 위해 죽을 만큼 노력했지만, 그들 전부가 정규직이 될 수는 없었다. 홀로코스트의 피해자 같은 얼굴로 인턴들은 멍하니 각자의 책상 앞에 앉아 있었다. 평가가 끝나기를 기다리는 며칠 동안 여자는 지칠 대로 지쳐 죽고 싶다는 생각까지 했다. 하지만 정말로 죽을 수는 없었다. 자살 충동은 감기처럼 습관적인 것이었다. 여자는 정규직이 된다면 하고 싶은 것들, 할 수 있는 것들에 대해 생각해보았다. 그리고 정규직이 되지 못할 경우 할 수 있는 것들에 대해서도 생각해보았다. 그러자 동문서답처럼 6개월 전의 자기 모습이 머릿속에 떠올랐다. 어쩌면 아무것도, 아무것도 시작되지 않았던 그때가 행복했던 것 같기도 했다. 하지만 지금의 여자를 만든 건 여자 자신이었다.

팀장이 여자를 회의실로 불렀다. 회의실에 들어가자 같은 팀의 과장과 사수가 여자를 기다리고 있었다. 그들은 테이블에 놓인 케이크의 초에 불을 붙인 후 여자에게 불게 했다. 정규직이 된 걸 축하합니다! 그들이 말했다. 그 순간 무언가가 여자의 가슴의 갈라진 틈에서 새어나가는 것 같았다. 여자는 기뻤다. 하지만 동시에 이 모든 게 허망하고 초라하게 느껴져 견딜 수가 없었다. 팀원들의 축하를 받고 나온 여자는 곧장 비상구 계단을 밟고 남자가 일하는 12층으로 올라갔다.

여자의 연락을 받고 복도로 나온 남자는 모든 걸 예상했다는 얼굴로 씩 웃었다. 희주 씨, 그 표정을 보니 알겠네요. 정규직이 되었군요? 그래, 바라던 정규직이 된 기분이 어때요? 세상이 달라 보이나요? 우리는 게임에서 이겼어요, 희주 씨. 더 정확히는, 당신의 소망을 내가 이루어줬지. 이제 당신에게 더 이상의 빚은 없어. 여자는 뭐라고 받아치고 싶었지만, 할 말이 떠오르지 않았다. 겨우 입을 벌린 여자는 항변하듯이 말했다. 내가…… 내가 당신을 좋게 본 건, 당신이 완벽한 인간이라서가 아니었어. 당신이 내게 서류를 주워주었기 때문에, 당신이 유일했기 때문에…… 그건 완벽한 인간이 아니라도 누구나 할 수 있는 그런 행동이었어……. 여자의 말에 남자는 악의라고는 찾아볼 수 없는 선한 얼굴로 유쾌하게 웃었다. 아하하! 그래요, 희주 씨. 그랬을 수도 있죠. 그리고 남자는 다시 말했다. **하지만 이제는 아니잖아.**

7____   **남다**

여자는 정규직이 되었다. 여자는 성실하게 회사를 다녔다.

손꼽히는 대기업답게 적지 않은 월급이 꼬박꼬박 여자의 통장으로 들어왔고, 가족은 기뻐했다. 남동생의 목표는 누나가 다니는 회사에 입사하는 것이 되었다. 3년이 지났을 때 남자는 다른 회사로 스카우트 제의를 받아 떠났고, 여자가 남자와 마주칠 일은 사라졌다. 남은 세 명의 동기들은 인턴으로 일할 때보다 생기가 사라진 얼굴로 그럭저럭 회사 생활을 버티고 있었다. 그들은 모두 남자였고, 그들을 한데 묶는 구심점 같았던 남자가 사라지자 더는 저녁에 만나 맥주를 마시거나 상사 흉을 보는 일도 없게 되었다.

회사에서 새로운 상반기 대졸 인턴을 뽑을 때, 여자는 이력서를 거르는 일에 참여했다. 그중 한 인턴이 여자의 마음을 끌었다. 좋은 집안에서 태어나 고등 교육을 받고 이 자리까지 온, 밝고 구김살 없는 인상의 여자였다. 그녀의 뭐 하나 부족할 게 없는 스펙도 여러 지원자 중에서 돋보였다. 몇 차례의 전형을 거쳐 그녀는 인턴으로 최종 입사했고, 여자의 팀에 배정되었다. 여자는 이제 그 인턴의 사수였다. 여자는 인턴의 예의 바른 말투와 싹싹한 성격, 그리고 단정한 품행이 두루 마음에 들었다. 3년 전 일을 곱씹으며 여자는 자상한 사수가 되기 위해 노력했다.

여자의 제안으로 소소한 인턴 환영회가 열리는 저녁이었다. 다른 팀원들이 환영회를 열 레스토랑에 미리 가 있는 가운데, 여자는 급한 업무를 마저 마무리한 뒤 여자를 기다리고 있던 인턴을 데리고 사무실을 나왔다. 11층에서 엘리베이터에 오르면서 여자는 인턴에게 넌지시 물어보았다. 자기는, 우리 회사에 왜 들어오고 싶었어? 그러자 인턴은 사랑스러운 얼굴로 웃으며 여자를 바라보았다. 선배님. 인턴이 말했다. 제가, 그랬잖아요. 고등학생 때부터 이 회사에 오고 싶었다고.

1층입니다. 안내 음성에 맞춰 엘리베이터 문이 스르르 열렸다. 여자가 못 박힌 듯 우뚝 서 있는 가운데, 인턴은 하이힐을 신고 또각또각 자신 있는 걸음으로 바깥으로 걸어 나갔다. 여자는 그 뒷모습을 멍하니 바라보았다. 인턴의 모델처럼 길고 매끈한 다리가 로비의 조명을 받아 하얗게 빛나고 있었다.

웬즈데이 유스리치 클럽

청예

속상하다. 수리 영역 19번 문제 정답이 아무리 생각해도 이해되지 않는다. 문과 출신이라 그렇다는 변명으로 회피해선 안 되는 기출이다. 돈을 아끼기 위해 유명하지 않은 교재를 샀더니 이 사달이 났다. 저렴한 교재 가격만큼 해답지 두께는 얇고 적혀 있는 풀이 과정이 빌어먹을 만큼 간결하다. 겨우 두 줄 해설로 어떻게 이해를 하느냐고. 당장 다음 주에 ○○공사 필기시험이 있단 말이다. 이래서는 지옥 같은 취준 기간을 끝낼 수 없다.

"죄송한데 의자 좀……."

"아 예."

의자를 당겨 앉아달라는 부탁에 옆자리 남자기 오묘한 표정으로 나를 흘겨본다. 지적할 만큼 일그러진 얼굴은 아니지만 절대 그의 평상시 얼굴일 리 없는 표정, 나는 미묘한 차이를 인식한다. 자리에 착석한 이후로 온종일 자서전을 읽으며 지기소개서만 작성하고 있던데 예민할 만도 하다. 얼마나 대단한 곳에 지원하기에 여태까지 자기소개서만 작성하고 있는 걸까. 이름을 모르는 당신도 참 고생이야. 그렇지? 자리에서 일어나는 게 벌써 세 번째니 미안한 마음뿐이다. 민폐인 건 알지만 도저히 지금 기분으로는 집중이 되지 않는다. 상큼한 음료수라도 한 캔 마시고 와야겠다.

거리 두기가 격하된 이후 도서관은 문전성시를 이룬다. 동네 변두리에 있어 칸막이조차 설치되지 않은 낡은 곳인데도 말이다. 사람들이 모이 쪼는 닭처럼 머리를 숙이고 호흡만 하고 있어 나는 이곳을 닭장이라 부른다. 날개 없는 닭들이 마스크를 쓴 채로 점심때 먹은 음식 냄새를 참아가며 버티고 있다. 아늑한 집에서 공부하지 않고 자발적인 불편함을 선택하는 데는 이유가 있다. 우리는 자극과 동기 부여를 위해 이곳에 모여 있다. 지피지기 백전백승. 내 오른쪽 닭, 왼쪽 닭, 뒤쪽 닭, 앞쪽 닭 모두 경쟁자다. 아니, 경쟁계鷄다. 조금이라도 해이해졌다가는 다음 전형으로 넘어가지 못한다. 요즘 같은 시기에 정말 책을 읽으러 온 사람들은 몇 안 된다. 있다 한들 그들은 2시간 이내에 자리를 떠난다. 그러므로 이 닭장을 채우고 있는 사람 중 2시간이 넘어도 자리를 떠나지 않는 이들은 모두 나와 같은 닭 신세다. '저 닭보다 내 공부 시간이 더 부족해.' 나보다 더 일찍 왔음에도 아직 귀가하지 않은 닭들을 보며 전투태세를 다잡는다. 나는 바란다. 내가 군계일학의 삶을 살기를. 이 닭들 중 유일한 학이 한 마리 있다면 그것이 내가 되기를.

자판기 앞 벤치에 한 칸씩 건너뛰어 앉아달라는 협조문이 붙어 있다. 앉지 못한 이들은 자판기 근처에 듬성듬성 서길 택한다. 이왕 이렇게 된 거 허리 근육이라도 좀 풀자는 생각에 가벼운 스트레칭을 시작하는데 몇몇 사람들이 나를 따라 한다. 다들 은근히 몸을 비틀고 싶었으나 눈치만 보고 있었나 보다. 먼저 스트레칭하는 닭이 나타나자 뒤이어 줄줄이 허리를 꺾으며 몸을 푸는 풍경, 정적인 공간에 "으어어" 하는 묵직한 신음이 채워진다. 그 모습이 조금 우습다. 스트레칭하는 것도 눈치 볼 만큼 내성적인 사람들뿐인가. 어쩌면 조용하고 차분한 공간 분위기를 내가 흐트린 건가 싶다.

프리미엄 오렌지주스 1,200원 / 오렌지주스 1,000원 /
블루커피 700원

손가락이 쉽사리 도착지를 찾지 못하고 갈팡질팡한다. 고작 몇백 원 차이에도 고민을 해야 하나. 음 그럴 필요가 있다. 적어도 지금은 고민해야 한다. 통장에 찍혀 있는 잔고 230만 원은 언제 끝날지 모르는 보릿고개 동안 버텨야 하는 생명 줄이다. 섣불리 갚아먹었다가는 나중의 내가 후회할지도 모른다. 회사 다닐 때만 하더라도 800원짜리 라면과 2천 원짜리 프리미엄 라면 사이에서 고민 없이 후자를 골랐었는데 이제는 200원 차이에도 머리를 굴린다. 마음은 프리미엄 과즙을 원하지만, 머리는 결코 허락해줄 수 없는 눈치다. 겨우 200원 더 쓴다고 당장 어떻게 되려나 싶지만, 모를 일이다. 벌써 내 나이가 서른둘이다. '이번 달 식비가 바닥났으니 돈 좀 주세요.' 엄마에게 SOS칠 나이가 아니라는 말이다. 어떡해서든 지긋지긋한 도태 생활을 정상 궤도로 돌려야만 한다. 트랙에서 이탈한 참가자에게는 고작 몇백 원 차이도 사치다. 그래 이게 결론이다. 공부하는 동안은 차라리 싸구려 커피만 마셔야겠다. 지금 만드는 궁상들이 언젠가 영광의 기억이 될 것이다, 라고 믿어야지. 나의 겸손에 이 커피를 치얼스.

음료를 마실 때마다 마스크를 내려야 하는 게 여간 불편한 일이 아니다. 하지만 이렇게라도 바람을 쐬어야만 마음이 환기

된다. 1년 전, 작은 기업이지만 취업에 성공했을 때 취준생 딱지를 뗐다는 기쁨으로 날아갈 것만 같았는데 다시 돌아올 줄 몰랐다. 애꿎은 문자 기록을 뒤적거리며 사장이 마지막으로 보낸 문자를 몇 번이고 읽는다. 살면서 가장 많이 읽은 단문이 아닐까. '상황이 좋지 않은 탓에 불가피하게 결정된 사항이고 우리도 애석하게 생각하고 있으니 나쁜 마음은 먹지 말길, 건승하고 다음에 밥이라도 먹자.' 해고를 명확히 알리는 이 문자는 해고라는 단어를 사용하지 않기 위해 참 많이도 빙빙 돌려졌다. 또한 어디에도 미안하다는 말이 없다. 사장이 문자를 타이핑할 때 속내를 빙빙 돌리기 위해 투자했던 노력을 상상해본다. 그 과정으로 사과를 대신한다. 한 번도 받은 적 없는 사과지만, 그가 이 정도로 노력했다는 사실만으로 사과를 받은 셈 치는 거다. 이 배려는 수요 없는 공급이다. 그의 마음을 필사적으로 대변하면 할수록 어째서인지 가슴이 시큰해진다. 정말 코로나가 아니었다면 잘리지 않았을까, 내가 저지른 몇 번의 실수들이 초래한 결과는 아닐까, 난 그저 겸사겸사 정리된 것이 아닐까. 수많은 의심이 꼬리를 잇는다. 알고 있다. 어쩌면 코로나 탓이 아닐지도 모른다는 사실을. 코로나는 분명 많은 이들을 공격한 칼이다. 그러나 동시에, 또 어떤 상황에서는, 많은 이들을 위한 방패가 되기도 한다. 그들이 하고 싶었던 변명을 담은 코로나 방패. 내가 그 희생자가 된 건 아닐까 하는 생각이 자꾸만 든다. 패배감과 애석함에 심장이 저릿해질 때마다 커피를 들이켠다. 감사하게도 싸구려 커피가 지나치게 달아서 기분이 괜찮아질 것만 같다. 저렴한 당분이 하루를 지켜주겠지. 속상해도 바뀌는 일은 아무것도 없다. '쓰읍' 숨을 들이쉰 다음 자리로 돌아간다. 쉴 만큼 쉬었다.

*

오후 6시가 되니 닭들이 저녁을 먹기 위해 자리에서 일어난다. 짐을 자리에 그대로 놔두는 것으로 보아 1시간 이내에 돌아올 것이다. 그들이 일어나는 걸 보고 나도 자리에서 일어난다. 다만 나는 모든 짐을 챙긴다. 7시까지 가야 할 곳이 있다. 매주 수요일 저녁마다 참가하는 모임이 있기 때문이다. 어차피 망할 해설지 때문에 책을 붙잡고 있어도 오늘은 진도를 나가지 못할 거다.

"죄송한데 의자 좀……."

"아."

예민함이 한층 더 담긴 표정이다. 그래도 마지막 부탁이니 불쾌함을 굳이 내 쪽에서 티내진 않기로 한다. 자리를 떠나며 옆자리 남자가 읽던 자서전을 흘깃 쳐다본다. 《성공한 기업가에겐 좌절이 없다》. 들어본 적 있다. 몇 달 연속으로 베스트셀러 1위에 랭킹됐다지. 나는 남자의 안목에 속으로만 혀를 찬다. 이 남자는 분명 이번 서류도 망칠 게 뻔하다. 책 저자인 기업가 김○○은 우리와는 태생이 다르다. 그는 개천에서 솟아난 용도 아니며 평생 무언가를 위해 치열히 노력했던 인간도 아니다. 이전 회장의 삼대독자일 뿐이다. 그러니 아무리 자서전을 닳도록 읽는다 한들 우리에게 적용할 만한 지혜가 없을 거다. '가장 확실한 가치를 믿으세요. 노력은 당신이 만드는 가장 확실한 가치입니다.' 와 하마터면 웃을 뻔했다. 책 표지를 범벅한 촌스러운 문장들에 비웃음이 나온다. 베스트셀러도 별수 없구나. 요즘 누가 저런 말을 믿나. 노오력 타령이라니. 몇 시간째 자기소개서를 다듬는 남자의 뒤통수에 콧소리가 섞인 웃음을 남긴다. 오늘 첫 웃음이다.

도서관에 궁둥이를 붙이고 있긴 하지만 사실 궁극적인 목표는 취업이 아니다. 나는 부자가 되고 싶다. 돈이 좋다. 물질 만능주의를 치열하게 따르며 살고 싶다. 다만 돈이 없을 뿐이다.

고로 이왕이면 돈 많이 주는 회사에 입사하고 싶다. 사회적 명예와 평판은 돈으로 해결할 수 있는 가치들 아닌가. 돈이 먼저다. 마스크 속에서 뜨거운 숨을 견디는 모든 닭이 마찬가지리라. 우리는 부자가 되고 싶다. 가장 확실한 경로가 취업이니 여기에 붙어 있는 것이다. 그러나 동시에 알고 있다. 취업만이 능사가 아니라는 사실을. 남이 주는 돈을 받아서는 절대 부자가될 수 없다. 자고로 21세기에 부富란 발굴이 아닌 쟁취다. 치열한 세상에 더 이상 블루 오션은 없다. 과거에 존재했던 미지의 푸른 바다들은 이미 해적의 피로 더럽혀졌다. 이기는 편이 우리 편, 돈 많은 쪽이 아군이다. 승리를 쟁취하기 위해서 필요한건 총명함뿐이다. 자서전이 말하는 노력 따위의 가치는 고리타분한 것들이다. 그런데도 저런 책이 여전히 베스트셀러에, 독자가 있다는 사실이 우습다. 나 정도 안목만 돼도 다른 책을 샀을텐데.

웬즈데이 유스리치 클럽: 금일 예약자 10명 (405호)

금쪽같은 저녁 시간을 할애해서 모임에 가는 이유다. 웬즈데이 유스리치 클럽, 줄여서 웬유클은 2030세대로 이뤄진 경제동호회다. 우리는 이곳에서 잘 먹고 잘살기 위한 초석을 닦는다. 대부분은 나와 비슷한 취업 준비생이지만 간혹 사업가들도 있다. 각자의 노하우를 나누며 부자가 될 수 있는 현실적 방법을 찾는다. 매번 스터디 룸 문 앞에 도착할 때마다 심장이 두근거린다. 오늘은 또 어떤 새로운 방법을 알게 될까 하는 설렘이 있다. 405호 주황색 문을 검지손가락 첫 번째 마디로 조심스럽게 두드린다. 문 너머엔 예비 부자들이 앉아 있으리라. 당연히 나의 자리도 있다. 닭장을 벗어나 도착한 이곳에서 소속감을 만끽한다. 소수 엘리트가 된 기분마저 든다. 어쩌면 정말로 이 모임 덕분에 취업 전에 부자가 될지도 모른다.

"조금 늦었습니다."

"괜찮습니다. 어서 오세요. 요즘 출석률 100퍼센트네요."

문을 여니 멤버들이 화기애애한 표정으로 인사를 건넨다. 그중 가장 호탕한 목소리를 가진 남자 곁으로 가 앉는다. 그는 모임 리더인데 자신을 청년 사업가라고 표현한 적이 있다. 그가 손을 흔들 때마다 슬며시 보이는 메탈 시계에 눈이 간다. 형광등 불빛에 반짝이는 청색 시계판에는 명품 로고가 각인돼 있다. 다소 재수가 없긴 하지만 그 이유는 오직 부러움이다. 친해지고 싶다.

"빨리 취준 때려치우고 부자 돼야죠."

"그럼요. 오늘 꽤 괜찮은 멘토를 초대했어요."

리더가 다른 이들의 얼굴을 번갈아 바라보며 특별한 멘토에 대한 언급을 아끼지 않는다. 그가 초대했던 사람들은 하나같이 나와 비슷한 나이에 성공하여 부를 일군 능력자들이다. 메탈도 아닌 황금색 시계를 착용했으며 거기엔 왕관 모양 로고가 각인 돼 있곤 했다. 가끔 과시용으로 차 열쇠를 보여주기도 했는데 대단한 것들뿐이었다. 어떡하면 그 정도로 돈을 벌 수 있는지 알고 싶다. 오늘은 또 누가 올까. 멘토를 기다리는 동안 분위기 는 자유롭다. 맞은편에 앉은 서윤이 평소처럼 말을 건넨다.

"이번에도 지인이신가요?"

의외로 낯선 질문, 다소 언짢은 표정이다. 생머리를 오른손으 로 슥 훑으며 리더를 노려본다. 리더와 사이가 좋지 않다. 대개 사람들은 두 타입으로 나눠진다. 하나는 베짱이 타입, 또 다른 하나는 개미 타입이다. 전자는 무노동으로 돈을 벌고자 하는, 스마트하고 영한 방법을 물색하는 타입이다. 후자는 성실함을 믿는 고전적 타입이다. 좀 더 디테일하게 표현하자면 후자는 돈 을 벌기 위해서는 다분히 노동과 시간을 투자해야 한다고 주장 하는 고리타분한 군상이다. 두 타입은 투자형과 적금형으로 극 명히 구분되는데 이러한 성향이 투자 판에도 나타난다. 여기에 는 모험형과 안정형이 있다. 투자라면 일확천금이 제맛, 남들이 알지 못하는 정보만 캐내서 한 방을 노리는 이가 있는가 하면 검증된 정보로 자산을 조금씩 성장시키는 타입이 있다. 서윤은 몇 안 되는 후자 쪽 사람이다. 그녀가 매주 공유하는 정보들은 실용적이긴 하지만 죄다 소소하고 몇 푼 되지 않는다는 단점이 있다. 모임에서 개미 타입이 주목받지 못하는 이유다. 그녀는 시계는커녕 귀걸이 하나 착용하지 않은 수수한 사람이다. 리더 와는 분명 다르다.

베짱이 인간의 정점에 서 있는 리더가 서윤의 말에 대꾸하지 않는다. 그저 고개를 끄덕이곤 휴대폰으로 눈길을 돌린다. 가타부타해봤자 싸움만 날 걸 모르지 않는 눈치다. "10분 안에 도착하십니다." 아랑곳 않고 멘토 입장 임박만을 알릴 뿐이다. 서윤이 다른 멤버들에게 뾰로통한 표정을 내비친다. 그녀를 바라보다 얼떨결에 눈이 마주쳤지만, 나는 서둘러 시선을 회수한다. 빨리 누군가 등장하길 바라며 스터디 룸 문만을 조용히 응시한다. 둘의 신경전으로 싸늘해진 분위기가 바뀌었으면 좋겠다. 괜히 마른 손바닥을 비비며 긴장을 해소해본다. 그때 서윤이 정확히 나를 콕 집어 목소리를 냈다.

"지우 씨."

"네?"

"제가 오늘 공유할 정보 진짜 괜찮으니까 나중에 잘 들어줘요."

더 말이 없다. 짧은 한마디를 끝으로 더 이상 나를 바라보지 않는다. 가방에서 안경을 꺼내 쓰곤 자료 발표 준비를 시작한다. 왜 굳이 나에게 말을 건 걸까. 나한테 다른 마음이 있는 건가. 같이 밥이라도 먹자는 신호일까. 별 생각이 다 든다. 묘하게 리더를 견제하는 것 같기도 하다. 베짱이와 개미의 신경전 사이에 끼어 있는 기분이 든다.

*

자신을 서른세 살 사업가라 소개한 남자에게 시선이 주목된다. 비주얼이 굉장하다. 180센티미터는 가뿐히 넘어 보이는 키 중 다리 길이만 1미터는 더 돼 보인다. 포마드 머리에 잘 다려진 블랙 셔츠가 인상적이다. 어디 가서 배우 지망생이라고 말해도 될 법한 인물이다. 가진 자에게 모든 축복이 올인 되는군. 타고난 유전자도 다르겠지만 돈으로 가꿔진 외형이 찬란하다. 한참이나 그의 얼굴을 빤히 쳐다본다. 꼭 저런 삶을 살아야지. 나와 같은 자극을 느낀 이들이 적지 않은 것 같다. 스터디 룸이 작은 소란으로 일렁인다. 리더가 분위기를 정리할 겸 발언을 시작한다.

"금융 쪽에서 알아주는 ○○기업 대표시고 연매출 10억 정도 찍으십니다. 오늘 정기 발표 후에 멘토링 해주실 겁니다. 그럼 웬유클 모임 시작하겠습니다. 발표자 나와주세요."

서윤이 소란함 속에서 핸드아웃 자료를 모두에게 한 장씩 건네주고 단상 앞으로 향한다. 자료에는 정성이 담긴 정보들이 빼곡하다. 차트부터 통계 자료, 어디선가 발췌한 기사까지 똑 부러지는 성격이 뚝뚝 묻어 있다. 형광펜을 들어 눈길이 가는 부분에 먼저 체크를 해본다. 그녀가 숨을 한번 들이쉬고는 곧장 발표를 개시한다.

"오늘 가져온 건 지난 주 시장 총분석입니다. 이번에 S사 종목이 소폭 상승했고 휴대폰 신모델 반응도 좋아요. 얼마 전 상장된 K사 계열사 웹툰 플랫폼도 지켜봅시다. 상승세거든요. 제 견해로는 유사 종목인 N사를 소량 매입해도 괜찮으실 것 같아요. 올해 말까지 이 포트폴리오로 10퍼센트 상승 예측해봅니다."

꼼꼼한 정보들이 쏟아진다. 이쯤 되면 몰래 잠입한 투자증권사 직원이라도 되나 싶다. 어디서 이런 정보를 다 얻어오는 길까. 몇몇 사람들은 혀를 내두르며 감탄하기까지 한다. 하지만 난 감흥이 생기지 않는다. 그녀가 소중히 읊어준 정보들은 분명 유용한 것들이다. 지금 내가 가진 230만 원으로 잘만 굴리면 1년 동안 10퍼센트 이상의 이윤을 만들 수도 있다. 근데 23만 원 더 만든다고 부자가 되겠어? 겨우 치킨 열두 마리 값이네. 리더는 일전에 뒤풀이에서 내게만 몰래 그녀를 여왕개미라 말한 적이 있다. 개미 중의 개미라는 뜻이다. 착실하게 한 푼 두 푼 모으는 것에만 맛 들여서는 결코 개미굴을 탈출할 수 없다지. 우리가 바라는 부자는 1년에 남들보다 23만 원 더 버는 부자가 아니다. 1억, 10억 벌어서 땅도 사고 건물도 세우고 S클래스 차 끌면서 떵떵거리는 삶이란 말이다. 이런 걸론 인생을 바꾸지 못해.

그녀가 나를 몇 번이나 바라보는 것 같았지만 난 발표 자료에만 시야를 묶을 뿐 눈을 맞추지 않는다. 소심한 부동의 표현이다. 그 뒤로 다른 회원들의 자료 공유도 이어졌으나 하나같이 불만족스럽다. 자금을 모으기 위해 하루 2시간씩 뛸 만한 투잡 알바 소개가 주류였다. 예를 들자면 도보 배달, 블로그, 펫시터 등등. 일하고 시간 투자해서 돈 버는 거다. 즉 얼마 못 번다는 이야기다. 노동 값이 가장 똥값 아니던가. 공유된 정보에 불만족스러워하던 찰나 누군가가 나의 마음을 대신 읊는다.

"이건 뭐 애들 장난도 아니고 이래서야 어느 세월에 부자 될래요?"

발언의 주인이 두 손을 바지 주머니에 찔러넣고는 다소 거만한 몸짓으로 자리에서 일어난다. 멘토의 차례가 온 거다. 못 들어주겠다는 목소리를 내뱉는 입마저 아름답다. 모든 눈이 그에게로 집중되는 순간, 서윤의 표정이 일그러진 건 나만 포착한 걸까. 그녀가 영 언짢다는 기색을 감추지 않으며 고개를 돌린다. 나는 그녀를 잠시 바라보다 행여나 눈치챌까 싶어 얼른 시선을 옮긴다. 멘토는 이미 단상 앞에 자리를 잡고 마이크 높이를 재정비 중이다. 일자 핏으로 쭉 뻗은 시원시원한 기럭지가 부럽다. 그의 외모가 앞으로 펼쳐질 강연에 개연성 없는 신뢰를 부여한다. 무슨 말을 하더라도 모두가 고개를 끄덕일 것만 같다.

그는 공격적이면서도 화려한 언변으로 주인공 자리를 거머쥔다. 왜 우리가 보유 자금을 주식에 투자해야 하는지 디테일하게 읊는다. 물론 포털 사이트 검색을 하면 알 수 있는 정보들이 대다수지만 청중은 최선을 다해 고개를 끄덕인다. 우월한 비주얼에 대한 보답이다. 그러면서 그는, 자신이 가진 선견지명을 강조한다. 여태껏 본인의 안목이 얼마나 큰 수익을 가져다줬는지 언급하면서 앞으로의 강의에 신뢰성을 더하는 과정이다. 본능적으로 느껴지는 찝찝한 구석이 있었으나 개의치 않아야겠다. 저 나이에 저 정도로 돈을 번 사람인데 멘토를 의심해선 안 된다. 여섯 번째 감각보다 눈앞에 보이는 것들을 믿어야지. 그가 손과 표정을 알차게도 사용한다. 반경 1미터 안에 먼지조차 존재하지 않을 듯이 열심히 몸짓을 펄럭거리며 설명을 이어간다. 은근히 미간에 인상을 쓰고 열변을 토하는 모습이 섹시하기까지 하다. 지금 내가 멘토링을 듣는 건지 영화 감상을 하는 건지 모르겠는데 확실한 건, 저 얼굴이 분명 그의 앞길에 큰 도움이 되리라는 점이다. 그게 무엇이든지.

"남들이 모르는 정보를 가져야 합니다. 날고 긴다 하는 제 지인들은 VIP들만 이용 가능한 홈페이지가 아니면 정보 취급도 안합니다. S사? N사? 전 국민이 주워 먹는 부스러기 백날 모아 보세요. 부자가 되나. 베이커리 딜리버리 기업 모르시죠? 이런 게 미래라고요. 이런 정보는 아무나 알 수가 없죠. 베이커리 딜리버리!"

결론이다. 제과 배달 고작 네 글자를 구태여 여덟 글자로 풀어 말하는 그가 멋있다. 1년 안에 다섯 배는 껑충 뛸 분야라고 하니 귀가 쫑긋한다. 근데 왜인지 이유는 말 안 해주려나. 옅은 의심을 눈치챘는지 그가 나를 콕 집어 묻는다.

"부자 되고 싶으시죠?"

계시자 같은 목소리에 이끌려 나는 얼떨결에 묵은 음성을 뱉는다.

"네에!"

그가 포마드 머리를 살짝 손으로 다듬더니 여유 있는 얼굴로 대답한다.

"하이 리스크 하이 리턴, 노 페인 노 게인. 기똥찬 정보를 가져야 합니다."

아아~ 입을 동그랗게 벌리고 수긍한다는 듯이 고개를 끄덕여본다. 그가 흡족한 표정을 짓는다. 사실 완벽히 이해된 건 아니다. '노 페인 노 게인'이라는 말이 주식 투자 얘기에 왜 나오는지 모르겠다. 자꾸만 미래라고 하는 저 사업이 왜 미래인지 구체적으로 납득이 된 것도 아니다. 그냥 나는, 웃어야 할 것 같으니 웃는다. 왜 이 영역이 유망한지를 설명하는데 이유는 없고 주장만 있다. 얼마나 확신이 넘치면 이렇게나 강조할까 싶다. 그래서 믿음이 간다. 설명에 탄력을 받았는지 즉석에서 휴대폰 앱을 열어 홈페이지에 등록된 수익 후기까지 보여준다.

오오…… 술렁거리는 소리에 덩달아 나도 동조돼 감탄을 뱉는다. 눈이 침침해 그가 들고 있는 휴대폰 화면이 제대로 보이진 않았으나 선 감탄 후 판단이다. 잘 안 보여도 내단한 것임이 틀림없으리라.

"여기 리더님과 개인적인 친분도 있고 하니 제가 특별히 운영자에게 부탁해서 VIP 자리 열어드릴게요. 좋은 마음에서 제안하는 거니까 가입하실지 말지 알아서 결정하세요."

멘토는 가장 성실히 호응해준 나에게 눈웃음을 남기고선 곧바로 스터디 룸을 나선다. 살아생전 받은 미소 중 최고로 잘생긴 미소다.

*

좋지 않은 자리다. 맞은편에 하필이면 서윤이 있다. 신경 쓰지 않는 척 삼겹살을 굽고 있으나 가장자리 삼겹살이 탄 것도 몰랐다. 그녀는 다행인지 더 큰 위기인지 아무 말 없이 휴대폰만 바라본다. 하필이면 왜 내 앞이람. 정말 나한테 마음이 있나? 사실 오늘 일만 아니었다면 나도 서윤과 커피 한잔 정도는 따로 할 의향이 있다. 밥 같이 먹는 건 이번 달 돈이 쪼들려 안 되겠다. 아, 굳이 나와 만나기 위해 사준다고 하면 얼마든지 먹을 거다. 나도 서윤 정도면 꽤…….

"오늘 멘토는 이런 음식 안 먹겠죠?"

깊어가는 망상에 입꼬리가 씰룩거릴 때쯤 옆자리 회원이 끼어든다. 재빨리 집게로 삼겹살을 다시 굽는 척하며 민망한 표정을 숨긴다. 남자의 말 덕에 조용했던 다른 회원들도 입을 열기 시작한다. 대화 주제는 오직 하나뿐, 오늘 왔던 멘토 평가다. "겉모습 보니 벼락부자 같던데." "아닌 척해도 집에 가면 라면 끓여 먹을걸?" "사실 집안이 금수저겠지." "그래 요즘 세상에." 눈에 보이지 않는 댓글들이 공기 중에 금방 휘발된다. PDF도 딸 수 없는 악성 댓글뿐이다. 회원들은 웃으며 술잔을 부딪고 있지만, 사실은 질투하고 있는 거다. 만약 배가 튀어나왔고 머리가 반쯤 벗겨진 부자였어도 이리 질투했을까. 나는 보란 듯이 고개를 양옆으로 살짝 저으며 혀를 찬다. 내 피드백을 보고 반성하라는 뜻이다. 질투에 사로잡혀 정작 중요한 걸 놓친 사람들아, 우리 목표는 부자가 되는 거야. 그러려면 이미 잘 먹고 잘 사는 사람들을 배척할 게 아니라 우러러봐야지. 솔직한 동경이 필요하다. 소인배 마인드로는 부자가 되지 못한다.

가장 노릇하게 익은 삼겹살을 누구에게 줄까 망설이디 굳이 멀리 대각선 쪽에 앉은 리더의 앞접시에 덜어놓는다. "에구구 내 앞에도 불판이 있는데." 인사치레를 하고 있지만 입은 솔직해서 고기를 바로 씹어버린다. 그와 시선을 맞추고 고개를 한번 끄덕이며 '전 이런 말들 신경 안 써요.' 의미를 담아 어깨를 으쓱거린다. 리더가 나만 알아볼 정도로 옅게 미소를 띠며 화답한다. 둘만의 귓속말 같은 몸짓 덕에 다른 회원들이 싸한 눈빛을 보낸다. 상관없다. 같은 웬유클이긴 하지만 이렇게 격 차이가 나서야. 조금 실망이다. 나는 곧바로 잘 익은 삼겹살을 내 접시에 덜어놓고 집게를 놓는다. 알아서들 드쇼. 서늘한 분위기가 불편하지만 싸운 것도 아니고 뭐. 우린 어린애들이 아니다. 잔을 채워 한잔 시원하게 마신다. 술이 달다.

"다들 가입할 거예요? 어쩔 거야. 해, 말어?"

삼겹살을 부지런하게 옮기던 진수가 분위기 전환 겸 주제를 바꾼다. 진수는 웬유클 회원 중에서도 가장 성실한 축에 속한다. 그는 서윤과 합이 잘 맞다. 그녀가 추천한 종목에 꼬박꼬박 들어가고, 괜찮다는 정보가 있으면 적극적으로 시간을 할애한다. 덕분에 웬유클 가입 전보다 자산이 12퍼센트 이상 늘었더라. 물론 그가 보인 성실함에 비하면 안타까운 수치다. 12퍼센트? 1천만 원으로 시작했으면 고작 120만 원 더 벌었네. 아무튼 여기저기서 각자의 피드백이 나온다. 벌써 커뮤니티에서 확인해봤다는 사람부터, 일단은 가입하고 보면 대박나지 않겠냐는 말까지. 겉모습을 비판하면서도 오늘 멘토가 언급한 내용을 모두 기억하고 있다. 차라리 이런 식으로 이야기가 흘러가는 게 더 건전하다.

진수의 말이 축 가라앉은 분위기 속 유일한 불씨가 된다. 여기저기서 안건에 대한 설왕설래가 격해진다. 찬성파도 있지만 대체로 반대파가 우세하다. 아무래도 못 믿겠다는 눈치다. 분위기가 과열되자 소란스러움이 테이블 밖으로 번져나가기 시작한다. 옆 테이블에서 우리를 흘깃거리는 게 느껴질 정도다. 나는 아무 말 않고 구운 김치를 씹고 있긴 했으나 내 생각은 무조건 찬성이다. 오늘 본 멘토, 비주얼부터 엄청나잖아. 돈 많은 티가 줄줄 나는 게 말이야. 웬유클 사람들이 바깥 사람들보다 훨씬 똑똑하다곤 하나, 그 이상의 존재가 등장하면 그의 말을 들어야만 한다. 그게 정도正道다.

진수가 씹던 삼겹살을 급하게 삼키고선 소주로 목을 축이며 할 말이 준비됐다는 모습을 보인다. 아직 입안이 세팅되지 않았는지 볼을 연신 올록볼록 움직이며 가장 시끄럽게 목소리를 내던 회원 둘을 저지한다. 턱이 아래로 숙여질 만큼 크게 한 번

청예

삼킨 후에야 고개가 리더를 향한다. "팩트 체크가 잘 안 돼요. 이 사람 믿을 만한 사람 맞아요?" 나는 퍼뜩 눈치챘다. 결국 이걸 묻기 위해 빌드업한 거다. 시선이 한 사람에게로 집중된다. 리더가 젓가락 쥔 손을 풀고는 이마를 스윽 닦는다. 고기에 파절임까지 올려 야무지게 한입 하려던 찰나에 방해받은 게 썩 맘에 안 든다는 눈치다. 혹은 다른 의도가 그에게도 보이거나. 침묵도 답이라고 하긴 하던데, 그럼 저것도 지금 대답하는 중인 건가? 예상 밖 태도다. 충분히 믿을 만한 사람이라고 말할 줄 알았는데 왜 말이 없을까.

"정말로 멘토가 준 정보만 믿으시는 거예요?"

리더 대신 다음 질문을 던진 사람은 서윤이었다. 그리고 그 질문의 대상은, 엇, 나다. 또 나에게만 말을 건다. 조용한 분위기 속 화살처럼 날아온 질문 탓에 모든 시선이 이제는 내게 집중된다. 이 사람 또 왜 이러는 걸까 불편하게. 나는 당황해버려 그녀와 그녀 몫 앞접시를 번갈아 바라본다. 이제 보니 삼겹살은 단 한 점도 먹지 않았다. 술잔도 전혀 비워지지 않았다.

"지우 씨. 멘토 말에 혹하고 계시죠?"

목소리 톤만 들어도 알 수 있다. 걱정스러운 목소리지만 말에는 희미한 가시가 있다. 진수와 서윤은 정말로 환장의 콤비가 맞다. 본인들 성향과 맞지 않는 멘토가 왔다고 한들, 이렇게까지 분위기를 몰고 갈 일인가. 이러니까 부자가 못 되는 거다. 웬유클에서 제일가는 아웃풋을 못 내는 거다.

"그러면 안 되나요?"

서윤이 살짝 놀라며 서운한 표정을 지었다. 별 할 말이 없어 대답하긴 했는데 시비조로 들릴까 봐 두렵다. 사실 시비조로 한 말은 아니다. 근데 틀린 말은 아니잖아. 내가 돈이 없어 보인다고 한들 왜 오늘 멘토가 한 말에 관심을 가지면 안 되는 건데? VIP만 이용 가능한 홈페이지라면 당연 양질의 정보가 있는 거 아냐? 혹시 나에게 이런 식으로 관심을 받으려고 하는 걸까. 그렇다면 내 쪽에서 유감인걸. 비뚤어진 태도를 보여 나까지 기분이 나빠지려 한다. 괜히 눈앞 소주잔을 들어 단번에 마셔버린다. 나 참. 그러고 보니 여기서까지 돈 없는 거 무시당한 셈이네. 이거 왜 이제 눈치챘지. 한잔 더 따른다. 불쾌하다.

그녀가 내게 대뜸 핸드아웃을 내민다. 취기가 올라 알딸딸해지는 와중에 웬 까만 글자들이 빼곡히 보인다. 술맛 떨어지게 이게 뭐람. 신경 써 쳐다보니 여태껏 웬유클에서 공유된 정보 요약집이다. 우량주 명단, 투잡 일감, 금융 상품 추천, 이게 다 뭐야. 지금 우리 이 얘기 하는 게 아닐 텐데. 가소롭디는 듯이 한쪽 눈썹을 씰룩거리며 그녀를 바라본다. 읽지 못할 표정을 하고 앉아 있다.

"저도 얼마 전까지만 해도 실직자여서 절박한 마음 알아요. 그럴수록 진짜 확실한 걸 봐야 돼요."

나를 돕고 싶다고 말한다. 나에게서 자신의 모습을 보았다며 말이다. 힘든 시험 준비 중에도 성실하게 출석 도장을 찍는 나를 눈여겨봤다더라. 이 정도면 공개 고백 아닌가? 그런데 말이다. 왜 기쁘지가 않지. 고맙지가 않다. 직장에서 매달 따박따박 월급을 받는 당신이 내 상황을 알 리가 있을까. 상대의 마음을 안다는 말만큼 오만한 말이 또 없는데. 당신은 분명 좋은 사람이겠지, 내가 얼마나 지금 상황에서 벗어나고 싶은지 이해해 준다면야. 적금 넣고, 보험료 내고, 친구랑 먹고 마시고 난 뒤에 돈이 아쉬운 당신과 정말로 아무것도 가지지 못해 아쉽다 말하는 삶은 다르다. 그러니 당신의 배려와 온정을 받아들이지 못하겠다. 어쩌면 그녀는 내 마음의 귀퉁이조차 이해 못 하고 있을지도 모른다. 벗어나고 싶다니깐. 정말로, 난 정말로, 부자가 되고 싶단 말이야. 아니면 적어도 남들만큼은 살고 싶단 말이야.

확실한 걸 보라는 말은 서윤의 몫이 아니다. 무엇이 확실한 성공의 길인가? 그건 정도를 걷는 사람들이나 할 수 있는 말이다. 그러나 회원들은 이 당연한 사실조차 의심치 않는지 서윤의 대인배적 마인드를 칭찬한다. 상부상조 웬유클이라며 아주 북 치고 장구 치고 있다. 열기가 식지 않은 불판 위로 몇 번 더 술잔이 부딪힌다. 삼겹살의 기름내가 가득한 공간에서 나는 순간 맡았다. 우리 사이에 꽉 들어찬 가난의 향기를.

두 병 정도 마신 것 같다. 정신이 살짝 몽롱해진다. 몸이 앞으로 고꾸라지는 게 느껴진다. 내일 도서관 가려면 컨디션 조절 잘해야 한다. 아무래도 바람 좀 쐬고 집에 가야겠다. 3차는 도저히 안 될 말이다. 비틀거리며 가게 입구로 나가니 먼저 나온 리더가 담배를 피우고 있다. "아휴, 정신없죠 오늘?" 머쓱한 표정으로 비틀거리며 그 옆에 서본다. 리더가 날 보더니, 고개를 끄덕이곤 담배 한 개비를 권한다. 나는 흡연하지 않지만, 예의상 담배를 받아 든다. 리더가 그제야 씩 웃으며 휴대폰으로 주식 커뮤니티를 보여준다. 어디에도 오늘 멘토가 말한 정보가 없다.

"지우 씨는 머리 잘 돌아가니까 알 거예요. 우리가 오늘 뭘 봤는지."

뭘 봤을까 오늘 나. 머리가 알싸하게 저리다. 취한 게 분명히

다. 역시 집에 가는 게 좋겠다. 하지만 리더와 대화는 제대로 해보고 싶다. 나는 필사적으로 발가락에 힘을 줘 비틀거리는 몸을 막아본다. 어찌나 세게 줬던지 똥이 나올 것 같다.

"당연히 이깟 커뮤니티에 없죠."

나는 계속해서 리더가 하는 말을 듣기만 한다. 이게 쉽지가 않네. 술 취해서 몸 가누는 와중에 남이 하는 말까지 경청하기란. 참으로 고난도네. 와 나 늙었나 보다, 이제 겨우 두 병에도 이리 취하다니. 몸이 뜨거워진다. 귀까지 빨갛게 변한 게 느껴질 정도다. 피부를 뚫고 들어오는 그의 음성이 더욱더 차갑게 느껴진다.

"부자가 될 사람은 이런 데 존재하는 게 아니고요."

리더가 휴대폰을 들고 앞뒤로 팽팽 흔드는 시늉을 한다. 마치 겉에 묻은 먼지를 털어버리듯이. 근데 너무 세게 흔들지 맙시다. 거, 물건 흔드는 거 보니까 토할 것 같다고요. 저 지금 필사적으로 버티고 있거든요. 두통 심하다고요.

"선택받는 거예요."

"선택!"

"모아놓은 자금 있으시죠?"

고개를 저었다. 통장에 찍힌 돈은 230뿐이다. 리더는 내게 잔고가 아닌 자금을 묻는 거라며 자신은 과거 주택 청약 통장까지 깨 투자에 도전한 적이 있다고 했다. 물어보지 않은 본인 투자 역사를 읊는 그가 새삼 대단해 보였다. "200을 넣으면 열 배를 벌어도 2천이지만, 2천을 넣으면 2억이 됩니다. 아시면서." 어깨에 손을 올리더니 내 상체를 바싹 당기며 말했다. 벌름거리는 콧구멍이 훤하게 보였다. 적절한 답을 내놓지 않으면 이대로 머쓱하게 계속 얼굴을 맞댈 심산이었다. 어쩔 수 없이 실토했다. 3년짜리 예금으로 묻어둔 500과 노후 연금으로 채우다 멈춘 500짜리 적금이 있다. 합이 1천, 열 배면 1억이 될 액수다.

온몸이 계속해서 달아오른다. 머리가 쫙 조여지는 통증이 느껴진다. "부자가 될 그릇이 충분하십니다." 리더가 믿음직스럽게 웃어주며 속삭였다. 그 미소에 용기가 생겨 어깨를 감싼 그의 팔을 붙잡았다. 난 잘살고 싶다. 돈을 벌고 싶다. 이 구질구질한 생활에서 벗어나고 싶다고. 뜨거워진 얼굴을 차갑게 식은 손으로 감싸본다. 펄펄 끓는 체온이 느껴진다. 그래, 나는 살아 있다. 아직 더 잘될 수 있다. 기회가 있다. 오직 이 욕망만이 내가 살아 있다는 증거다. 나는 가난해지지 않아. 고작 몇 안 되는 돈에 울고 웃지 않아. 내가 웬유클에 온 목적을 잊지 않아.

그 뒤로 리더가 뭔가 물어본 것 같은데 기억이 나질 않는다.

나는 그저 씩 웃기만 했던 거 같다.

*

　정신을 차려보니 엉겁결에 저녁 약속까지 잡혔더라. 어째서인지 멘토는 내가 마음에 들었다는 이유로 나와 리더를 자신의 사무실로 초대했다. 분명 마지막 대화는 리더와 했는데 나를 선택한 건 다름 아닌 멘토라는 점이 의아했지만 개의치 않기로 했다. 워런 버핏과 식사를 하면 이런 느낌이려나. 약속 일자가 다가올수록 나는 선택받았다는 사실에 묘한 흥분감을 감추지 못했다. 낯간지러운 다과 세트까지 구입해 사무실 앞에 도착하고야 말았다.

　먼저 도착했다는 리더에게 전화를 거니 마치 기다렸다는 듯이 응답한다. 곧이어 공동 현관문이 열리고 리더와 함께 멘토가 등장한다. 왼쪽 손목을 들어 무심코 찰찰 흔들고선 걸어온다. 어마어마하게 비싼 시계가 무거워서 그런가 보다.

　"지우 씨 반가워요. 아, 뭐 이런 걸 다 사 오시고."

　그가 호탕하게 웃으며 나와 악수를 하더니 다과 세트를 받아 든다. 아직 내가 주겠다고 말하지 않았는데 그가 눈치껏 가져간 거다. 역시 공격형 투자자라 그런지 속전속결을 좋아하는 것 같다. 인사치레 멘트를 하기도 전에 과자를 가져가는 적극성마저도 멋있다. 부자는 다르구나.

"강남에서 가장 큰 오피스예요. 요즘 트렌드가 셰어링인 건 아시죠? 하이엣지 인테리어도 러프하게나마 느낄 수 있죠. 들어와 앉으시죠. 컨시어지 룸 잡아놨어요."

공간에 대해서 물어본 적은 없다. 가타부타 말하지 않아도 여기가 강남 공유 사무실이라는 건 나도 아는 사실이다. 하이엣지 어쩌고 하는 설명은 모르는 말이라 신경 쓰지 않는다. 회의실 자리에 앉으니 그가 머그 컵에 커피를 담아 건네준다. 컵에 찍힌 오피스 로고를 보니 개인용품이 아닌 듯하다. 역시 사업가다. 돈을 허투루 쓰지는 않는구나. 본받을 점이다. 리더와 멘토, 이렇게 둘과 함께 좁은 회의실에 있으니 어색하다. 괜스레 필기구를 만져보고 휴대폰만 들여다본다. 머쓱한 마음에 커피를 후룩 들이켜는데.

"허억, 컥, 뜨, 뜨겁네요."

"아이고 이게 파나마 게이샤 원두라서 뜨겁게 추출해야 더 깊거든요."

그런가. 추출할 땐 뜨거워도 줄 때는 식혀서 줄 수도 있었을 텐데. 용암 같은 상태로 마셔야 맛있는 건가. 회의실 문 너머 바로 보이는 탕비실 비품에는 인스턴트 커피가 전부인데 나를 위해 특별히 고급 원두를 썼나 보다. 그의 정성에 짧게 감탄해본다. 리더가 젠틀하게 웃고선 아이스 브레이킹을 하자며 짧은 대화를 시작한다.

"얼마 전에 멘토님이 가르쳐주신 종목 저 벌써 두 배 재미 봤어요."

"시드 머니 충전하셔야겠네요. 이윤 더 보고 싶지 않으세요?"

"당연하죠. 총알 장전한 후에 크게 가보려고요."

아마도 지난 강의 때 말한 건으로 리더가 큰돈을 번 것 같다. 돈 얘기에 나는 눈이 확 뜨여 그들의 얼굴을 번갈아 바라본다. 그들은 자신들이 얼마나 많은 수익을 벌었는지, 얼마나 더 큰 자금을 투자할 것인지를 계속 언급한다. 부럽다. 큰돈을 넣을 수 있다는 사실도, 돈을 이미 벌었다는 사실도. 솔직히 말하자면 난 그날 강의 이후 실제 투자를 하진 않았기에 한 푼도 벌지 못했다. 도서관에서 풀리지 않는 수리 영역 문제만 계속 붙잡고 있었다.

나에게도 질문 차례가 도착했다. 둘은 내게 관심을 아끼지 않는다. 어떻게 지냈냐부터 자산 관리는 어떤 식으로 하고 있냐까지 물 흐르듯 대화가 이어진다. 나는 부끄러운 표정으로 변명을 시작한다. "아직 제가 취업 준비 중이라 모아둔 돈이 부족해서요." 그들이 진심으로 나를 걱정해주며 안쓰러워한다. 한순간에 동정팔이 소년이 된 기분이 들어 살짝 마음이 불편했으나, 진심으로 걱정해주는 걸 사양하고 싶진 않다. 어쩌면 우린 좋은 친구가 될지도 모르니 말이다. 멘토가 나의 이야기를 듣더니 보여줄 게 있다며 회의실 TV를 켠다. 그러곤 휴대폰과 연결하여 화면을 띄우는데 저번 강의에서도 본 주식 차트다.

"지우 씨 여기 보면요. 지금 최적 매수 시그널이 떴는데……."

설명이 이어진다. 최선을 다해서 경청하는 시늉을 하고 있지만, 잘은 모르겠다. 그래 그러니까 여기에 투자하는 게 확실한 안목이고 선구안이라는 거지? 여기에만 돈을 넣으면 다 부자가 되는 걸까. 그럼 지긋지긋한 닭장 신세도 청산하고 당신처럼 각 잡힌 슈트에 빛나는 시계도 찰 수 있는 걸까. 그의 얼굴을 바라본다. 피부가 요철 하나 없이 매끈하다. 입술엔 뭘 발랐는지 연신 번드르르한 기름빛이 돈다. 묘한 괴리감이 느껴진다. 나는 어쩌면 평생 이 사람처럼 살지 못할지도 모른다. 왜인지 모르겠는데 자꾸만 온몸이 여섯 번째 감각을 발동시키고 있다. 그 감각이 얼떨결에 내 입까지 연다.

"이걸 왜 저한테 가르쳐주시는 거예요?"

내뱉고야 말았다. 이 사람들은 듣고야 말았다. 그 순간 멘토가 말을 멈추니 좁은 회의실엔 정적이 감돈다. 리더와 멘토가 뜻 모를 표정으로 서로를 바라보더니 머리를 긁적인다. 분명 리더도 함께 초대돼서 온 건데 멘토와 같은 감정을 공유하는 듯 보인다. 나도 저 둘 사이에 끼고 싶다. 아니다, 한편으로는 끼면 안 될 것 같다. 어딘가 불편한데 그 이유를 잘 모르겠다. 여기에 더 오래 앉아 있으면 큰일이 벌어질지도 모른다는 불안함이 피어오른다. 나를 특별히 선택해서 만들어준 감사한 자리인데 왜 이런 마음이 드는 거지. 부자가 되는 방법을 가르쳐준다는데 왜 나는 납득하지 못할까. 천성이 가난해서일까. 혼란스러운 표정을 감출 수 없다.

리더가 혼돈을 알아채고선 목소리를 낮게 깔고 말한다.

"우리 모임에 분위기를 흐리는 사람들이 있어요. 자꾸 돈 안 되는 것들만 추천하는 몇몇 분들 아시죠? 웬유클은 그런 사람들을 위한 공간이 아니거든요. 정말로 유스리치가 되고 싶은 분들을 위한 공간이죠. 가장 의지가 있어 보이는 분이 지우 씨고요. 그래서 제가 특별히 멘토님께 추천한 겁니다. 지우 씨만."

사려 깊은 말이지만 목소리에 은은한 예민함이 깔려 있다. 이런 것까지 눈치챌 수 있는 스스로가 놀라우면서도 한편으로는 이런 것마저 감추지 못한 리더가 의심스럽다. 둘은 나에게 집중하고 있다. 이제야 눈치챘는데 그들이 회의실 유리문 쪽에 앉아 있고 내가 벽 쪽에 앉아 있다. 불리한 자리다.

문밖과 자신들을 번갈아 훑는 시야를 읽은 멘토가 발언에 힘을 싣는다.

"실직하셨다면서요. 취업 힘들잖아요. 지우 씨 같은 사람들 잘 알아요. 우린 천성이 베짱이에요. 아시잖아요? 경쟁 사회에서 노다지만 골라내는 사람들입니다. 남들 밑에서 일하는 사람들이 아니죠. 동학 개미 운동 들어보셨죠? 진짜 개미들은 지금 사무실에서 거북목 버텨가며 일하고 있어요. 사실 동학 개미는 개미탈 쓴 베짱이들이에요. 우리 같은 사람들이란 거죠. 투자가 천성에 맞아요. 이렇게 돈 버는 게 가장 빨리 부자 되는 방법이고요."

무언가에 쫓기기라도 하는 듯이 속도감을 높여 말한다. 그의 넓은 어깨 너머로 보이는 바깥세상으로 나는 자꾸만 도망치고 싶어진다. 아무리 들어도 마음속에 피어오르는 의심을 지울 수가 없다. 생전 남남으로 살아온 나를 굳이 부자로 만들어주겠다는 이 남자는 마더 테레사의 아들인가. 이렇게까지 자애로운 사람이 있다고? 최선을 다해 나를 위해주는 의도가 불확실하다. 무용한 질문이겠지만 나는 한 번 더 그 불확실함에 '왜'를 물을 수밖에 없다. 입을 열어 질문하려 했으나 그가 자꾸만 말을 덧붙인다.

"동생 생각이 나서 그래요. 제 동생 타지에서 힘들게 취업 준비하다가 몸도 마음도 많이 상했지요. 저보다 덩치가 큰 녀석이 면접에서 떨어지고 얼굴이 반쪽이 돼 울던 것만 생각하면 가슴이 아팠습니다. 하지만 그 녀석도 지금은 팔자 폈어요. 차가 두 댑니다. 사진 보여드릴까요?"

멘토가 허겁지겁 엄지손가락으로 휴대폰 화면을 터치하더니 한 남성의 SNS 계정을 보여준다. 타이트하게 달라붙는 운동복을 입은 남성이다. 평생 상해본 적 없을 것 같은 신체가 건강해 보인다. 얼굴이 닮지 않아 동생이라고 말하지 않으면 그 누구도 형제라 생각 못 할 인물, 뒤에는 외제차가 있고 양손에는 명품 쇼핑백이 잔뜩 들려 있다. 티셔츠와 신발에도 비싼 로고가 꽉 차 있다. 과시의 쓰리콤보를 충족시킨 사진이다. 아아, 내가 이 동생 같아서 도와준 거구나. 그가 이렇게까지 말했음에도 의심을 계속하는 건 역시 무례한 일이겠지? 자꾸만 고개가 갸우

뚱거렸으나 나는 그의 진심을 머리에 꾸역꾸역 입력한다. 좋은 사람이니 그만 의심하자, 내가 너무 꼬여서 그래. 사실 한 번 더 반기를 들었다간 후회할 일이 생길 것 같다. 일단 저들은 둘이니 쪽수에서 밀린다. 묘연한 두려움에 희미하게 웃으며 고개를 끄덕인다. 그의 말에 동의한다는 신호다. 이제야 그가 안도하는 얼굴로 웃는다. 돌발 질문에 소멸됐던 화기애애함이 다시 피어오른다.

"사실 베이커리 딜리버리는 빙산의 일각이에요."

"더 좋은 종목이 있나요?"

"아직 홈페이지 가입 안 하셨죠? 다른 주식 어플이랑 똑같다고 보시면 큰코다칩니다. 여기는 돈만 넣고 빼는 플랫폼이 아니라 진짜정보를 보는 곳입니다. 가입비 따윈 없어요. VIP들만 모셔오는 곳이거든요. 저를 통해서 오시는 거면 그냥 자금 예치만 해도 자동 VIP 등록이 돼요. 이래도 안 하면 바보죠 뭐. 평생 돈 없이 살아야지."

우리는 1시간 정도 대화를 나누었다. 의심을 애써 지우니 납득이 되더라. 그가 소개해준 베이커리 딜리버리 사업은 참으로 미래가 창창한 것이었다. 정부 부처 출연금 출자 계획도 잡혀 있고, 유명 물류 체인과 인수 합병까지 예정돼 있다고 한다. 왜 그런 이슈들이 조악한 구성의 홈페이지에만 소개되는 건지, 뉴스에 전혀 나온 적이 없는지는 논외였다. 사소한 것들에 집착하면 부자가 될 수 없다, 라고 리더가 나를 달랬다. 오히려 그는 주요 이슈들이 공중파 뉴스에라도 소개돼서 온 세상에 퍼져나가면 그땐 한참 늦는다며 나의 허점을 찔렀다. 보여준 홈페이지에는 태어나서 처음 보는 정보들이 잔뜩 있었다. 그것들은 모두 하나같이 바깥 사람들에게 공개된 적이 없는 알짜배기들이었다. 이 전략으로 투자를 하면 수익이 다섯 배는 무슨, 열 배여도 아쉬운 수준이라고 했다. 남들이 가루를 다 털어먹고 난 후에 달려들면 늦겠지. 맞아, 맞는 말이다. 이제야 좀 투자가 뭔지 알겠다. 현명함이 차오르는 느낌이다. 투자의 철칙을 잊지 말아야 한다. 허허벌판일 때가 매수, 동네잔치일 때가 매도! 그래!

"듣기로는 지우 씨 시드 머니가 1천 정도라 했나?"

"지우 회원님 예금이랑 적금, 잔고 합이 1천 200이십니다."

"자! 1억 2천으로 만듭시다."

분명 내 자금인데 꼭 남 얘기하듯 수를 읊었다. 저들 입장에선 남의 돈이 맞긴 하니까 불편할 필요가 없으려나. 그들은 오늘이 아니면 VIP 가입이 어렵다며 현명한 선택을 독려했다. 우물쭈물하는 나를 위해 모바일 뱅킹으로 예적금 해지하는 방법

을 알려주었다. 언제 세상이 이리도 편리해졌나. 시킨 대로 터
치 몇 번에 3초도 안 걸리는 인증 좀 했더니 예적금이 모두 해
지됐다. 통장 잔고가 엉겁결에 풀려난 1천만 원과 더해져 총
1천 230만 원이 됐다.

잔고 중 이번 달 월세를 제외한 1천 200만 원을 전부 이체했
다. 멘토의 말처럼 VIP 계정이 등록됐다. 그대로 베이커리 딜리
버리부터 시작해 각종 종목을 살펴봤다. '매수하시겠습니까?'
손가락에 힘을 줘 팝업 창의 '네'를 꾸욱 누른다. 떨리는 손을
리더가 잡아줬으니 망설일 필요가 없다. 나는 베짱이야. 고작
적금 한 푼 두 푼 모아서 치킨값 정도 버는 일에 만족하지 않아.
지긋지긋한 취준도 이젠 청산하자. 그래 가자! 가자고!

*

늘 앉던 자리에 앉아 책을 펴고 필기도구를 꺼낸다. 고정석
은 없지만, 근처에는 매번 보던 얼굴들뿐이다. 자소서를 쓰던
남자 역시 9시 방향에 앉아 있다. 아직도 마무리를 못 했는지
자서전을 펼쳤다가 덮기를 반복하고 있다. 얼마나 공을 들이기
에 일주일째 저러고 있는 걸까. 하지만 감히 그를 비웃진 못할

것 같다. 같은 문제를 번번이 이해하지 못하고 있는 내 신세도 다를 게 없으니까.

"죄송한데 의자 좀……."

"하 씨."

닭장이 언제나처럼 좁다. 오늘 옆자리에 앉은 사람이 유독 까칠하다. 한번 나갈 때 푹 쉬고 들어와야겠다. 또 부탁했다가는 포스트잇에 '매너 좀요' 따위를 적어 보낼 기세다. 팍팍한 곳이지만 모두 같은 처지니 나라도 평정심을 유지해야 한다.

자판기 앞으로 가 음료 목록을 훑는다. 상큼한 음료를 마시고 싶단 욕망조차 접은 상태다. 월세를 내고 나면 남는 돈이 없으니 말이다. 친구에게 부탁해 마트 진열 알바라도 뛰어야겠다. 한숨이 나오지만 괜찮다. 아직 믿는 구석이 있다. 투자한 종목 시세를 체크하기 위해 홈페이지에 접속했다. 404 Not Found 라는 문구만 휑하니 떠 있다. 며칠 전부터 이랬다. 아마 사이트 확장을 위해 재정비하고 있는 것 같다. 이 하얀 홈페이지가 미래의 블루 오션이 되겠지. 진짜 정보를 갖기 위해선 참을성이 필요하다. 너무 마음 쓸 필요 없다. 분명 열 배는 오른다고 했다. 나보다 더 유능한 사람이 알려준 정보니 믿을 만하다. 장투잖아, 장투. 일희일비해서는 안 된다고. 영화에서도 주인공은 항상 시련을 이겨내고 극적인 반전으로 도약하잖아. 멘토를 믿자. 믿음만이 살길이다.

요 며칠 웬유클 메신저 방이 조용하다. 수요일인데 다들 저녁은 먹고 오려나. 기분이 싱숭생숭하니 찾지도 않던 사람들 안부가 궁금해진다. 괜히 회원 프로필 목록을 쭉 살펴본다. 문득 마음이 쓰인다. 서윤이 그날 내게 보여준 마음은 무엇이었을까. 혹시 호감은 아니려나. 백수 신세에 이런 쪽으로 굴러가는 머리가 참 얄궂지만 궁금한 건 어쩔 수 없다. 지나치게 조용한 메신저 방을 핑계로 그녀에게 전화를 걸어본다. 원래라면 하지 않을 일인데 어째서인지 오늘은 이래도 될 것 같다. 이것도 여섯 번째 감각이 만든 용기다.

"엇. 지우 씨 안 그래도 제가 연락하려 했는데."

이거 봐. 내가 눈치챈 게 맞다니깐.

"요즘 리더 연락이 안 돼요. 이번 주 발표 자료 메일에도 답이 없고요."

음. 내가 들으려 한 말은 이게 아닌데. 뭐라 답을 해야 할까. 입이 떨어지지 않는다. 당황해서가 아니다. 그냥 서윤한테 처음으로 건넬 말을 고민하는 것뿐이다.

"지난번에 데려온 멘토가 설립했다는 ○○기업, 사실 페이

퍼 컴퍼니인 거 아셨나요? 메신저 방이 조용해서 몇몇 회원한
테 개인적으로 연락했더니 투자금 사기를 당한 분들이 있더라
고요. 그분들끼리 따로 피해 대응 메신저 방 꾸리고 계세요. 제
대로 된 사업장이 없어서 공유 오피스에서 미팅 잡고 사람들을
꾀어냈다고 하네요. 정말 허술하기 짝이 없는데…… 혹시 몰라
서 확인 차 연락드리려고 했어요. 지우 씨는 별일 없었죠? 유독
지우 씨에게 친절했어서……."

덤덤하게 숨을 들이쉬었다. 어쩌면 이렇게 될 거란 걸 알고
있었는지도 모르겠다. 자꾸만 피어오르던 의심, 성공의 길이라
기엔 너무나 간단했던 접근, 접속할 수 없는 홈페이지. 두 눈을
가린 절박함이 나를 이끈 곳은 폐허였다. 그녀의 음성이 심판
처럼 쐐기를 박는다. 여섯 번째 감각이 옳았다.

서윤은 좋은 사람이다. 나는 그녀를 개미라 깎아내린 일을
후회한다. 그녀를 좀 더 믿을 걸 그랬다. 그녀가 준 정보들은 적
어도 실용적이라는 확신이 있는 것들이었는데 왜 명확히 보이
는 것을 믿지 않으려 했을까. 지나간 일에 미련을 가지는 것이
참으로 쓸데없는 일이라지만 멈추지 못하겠다. 내가 왜, 왜 그
랬을까.

모쪼록 그녀에게 처음 건네는 말이 무난하기를 바랐다.

"전 평상시와 다름없어요."

나는 가까스로 감정을 꾹꾹 억누르며 대답한다. 그러곤 서둘러 통화를 끊는다. 정체 모를 응어리가 가슴 깊은 곳에서 목구멍까지 치고 올라오는 기분이 든다. 입을 열고 이 녀석을 뱉어내면 눈물이 날 것만 같다. 대신에 차가운 공기를 잔뜩 들이마시고 힘껏 내뱉는다. 나는 괜찮다, 괜찮다, 괜찮다고 자꾸만 속으로 외쳐본다. 이제 1분 1초도 낭비해선 안 된다. 자리로 돌아가 공부나 하자. 중요한 시기다. 곧 있을 필기시험에 반드시 합격하자. 길은 그것뿐이다. 도망치듯 내 자리로 돌아간다. 발걸음 속도를 높인다. 달아나고 싶다.

"의자 좀……."

"아 진짜 짜증 나네. 저기요! 왜 자꾸 왔다 갔다, 어?"

눈앞이 뿌옇게 흐려진다. 애써 평범한 하루를 유지하고자 눈을 황급히 움직여본다. 내가 비웃었던 남자의 자서전 표지 글귀들이 비수처럼 마음에 박힌다. '가장 확실한 가치를 믿으세요.' 내가 왜 그랬을까. 대체 왜. 나를 원망하고 싶지 않지만 원망해야 할 것이 나뿐이라 속상하다. 신이 있다면 신놈은 나를 미워하는 게 틀림없다.

"아니 죄, 죄송해요. 왜 울고 그러세요."

옆자리 녀석이 나를 보더니 사과하기 시작한다. 양 볼이 달아오른다. 속눈썹에 대롱대롱 축축한 것들이 매달린다. 아니다. 평범한 하루일 뿐이다. 그녀에게 내가 건넨 말처럼 오늘은 평상시와 다름없다. 무던히 버틸 수 있다. 그래야만 한다. 언제라고 행운이 따르는 삶은 아니었다. 나는 이 일상을 이해해야 한다. 지금 만드는 궁상들이 언젠가 영광의 기억이 될 것이다, 라고 믿을 거다. 버틸 거다. 더는 웬유클에 갈 일도 없을 테니 밤 시간도 모두 공부에 투자하면 된다. 차라리 잘된 일이다. 복습 시간 부족했는데 잘됐어. 이 망할 19번 문제 이제 좀 해결하자고.

하지만 아무래도, 오늘도 교재 진도를 나가긴 글렀다.

밸런타인 시그널

오승현

1.

이런 비싼 땅에 낮은 집은 공간 낭비지.

조는 꽁초가 즐비한 뒤뜰에서 아파트를 올려다보며 담배 연기를 훅 뱉었다. 그가 사는 13층이 뿌예졌다 맑게 개었다. 이무한한 우주에 살아 있는 생명체가 인간뿐이라면 그건 우주 공간의 엄청난 낭비인 것처럼,* 값을 매기자면 하늘도 비싸게 분양할 것 같은 대 운당구에 이런 저층 아파트는 낭비 중의 낭비

* 칼 세이건

다. 적어도 30층은 돼야지. 용적률 꽉꽉 채워서 말이야.

1990년대 중반 1차 신도시 입주 때부터 조의 가족에게 든든한 배경이 되어줬던 '우리아파트'는 15층이라는 애매한 높이에, 애매한 중평형대 아파트다. 이제 재건축을 노려 더 큰 자산으로 진화할 때가 되었다. 3기 신도시 아파트들을 생각하면 여기에 20층은 더 올려붙일 수도 있을 것이다. 조는 현관 입구 게시판에 붙어 있는 '우리아파트 PC 공법 안전 진단 진행 공고문'을 상기했다. 8천만 원에 입주한 아파트가 20억이 되었는데, 이제 재건축이 되면 얼마나 뻥튀기되려나. 조의 입에서 그의 어머니가 흥얼거리던 옛날 광고 음악 한 소절이 흘러나왔다. 어머니는 말하셨지. 인생을 즐기되, 이 집은 절대 팔지 말라고.

엄지와 검지를 튕겨 담배 총알을 날리고 꽁초를 주머니에 넣었다. 바짝 마른 낙엽 위에 노랗고 걸쭉한 가래를 쏘아주고 손에 남은 니코틴의 잔향을 얼굴에 쓱쓱 비볐다. 10대에 입성한 이곳에서 25년을 버티고 이제 30대 후반이 된 조는 한결같이 똑같은 손으로 담배 총알을 날렸고, 그 손으로 똑같은 엘리베이터 버튼을 눌렀다. 1302호. 하지만 조는 최근 들어 부쩍 1402호의 버튼을 누르고 싶은 충동에 시달렸다. 5분 전에 니코틴을 몸에 담았는데도 온몸이 담배를 원하게 하는 소리가 귀를 맴도는 것 같다. 저릿저릿하다 못해 불끈불끈 심장이 위로, 위로 내달려 머리끝을 치는 듯한 소리. 쿵쿵 쿵쿵 쿵.

30대 초반으로 보이는 부부가 이사를 온 것은 10월 초였다. 조는 그날을 생생히 기억한다. 구름 한 점 없는 맑은 날이었는데도 아파트 중앙 공원의 나무가 벼락에 맞았다는 방송이 아침저녁으로 시끄러웠다. 보호수로 지정될 정도는 아니라도 꽤 오랜 시간 동네를 버텨 아파트가 들어설 때도 살아남았던 고목이 쩍 하는 소리와 함께 금이 갔고 순식간에 허리가 꺾였다고 했다. 나무는 속이 텅 비어 있었는데 한순간 휘발된 것처럼, 시간의 풍화가 느껴지지 않았다. 그날이었다. 벼락 맞았다고 소문나서 집값 떨어지면 어쩌냐 수선 떠는 아줌마들을 뒤로하고 부부는 고고하게 601동으로 들어섰다.

맞벌이 부부처럼 보이는 이들은 운당 어딘가, 또는 탄교 어딘가의 직장을 다닐 것이었다. 남자는 재킷 안에 같은 색상의 조끼를 맞춰 입었고 보타이를 조금 전에 풀어 주머니에 넣어두었을 것 같은 답답한 스타일이었다. 여자는 더 가관이었다. 허리가 잘록한 트렌치코트 아래로 페티코트를 숨겨 입은 것처럼 플레어스커트 하단 주름이 꼿꼿하게 펼쳐져 있었다. 그것까지는 그럭저럭 시대착오적 취향이라고 봐줄 수 있었지만 정수리 뒤로 한껏 부풀린 머리 모양은 참기 힘들었다. 남자는 항상 아내를 겨드랑이에 품고 있었고, 품에 안기 딱 적당한 키와 몸집을 가진 아내는 볼 때마다 조에게 눈인사를 했다. 씨발. 나는 여자엔 관심 있어도 이웃은 관심이 없다고요. 조는 남자의 스웨이드 로퍼 위 반짝이는 장식의 고리가 살짝 어긋나 있는 모양을 보며 씨익 웃었다. 잘난 척해봐야 어차피 너나 나나 같은 집이야. 부동산에 내놓으면 똑같은 값이라고.

하지만 문제는 잘난 척하는 부부가 아니었다. 엄마 뒤에 숨어 있던 네댓 살 남짓의 쌍둥이 꼬마들이었다. 분명 몸집도 작고 발도 작아 보였는데. 녀석들이 천장을 공명하는 소음은 조를 미치게 만들었다. 정오를 지나고부터 저녁까지. 약 여섯 시간이었다. 그 시간이 녀석들이 소중히 여길 놀이 시간이라면 조에게는 근무 시간이었다. 조는 한마디로 하기엔 힘들 정도로 굉장한 이력을 갖고 있었지만 굳이 한마디로 말하자면, 현재는 프리랜서였다. 집이 직장이었고, 밤낮이 모두 근무 시간이었고, 모든 소리가 업무를 방해하는 소음이 될 수 있었다.

악의 평범성이라는 말이 있었던가? 그렇다면 14층 녀석들은 '악의 순수성'의 표상이라고 조는 정의했다. 해맑기만 해 보이는 아이들, 이들이 매일 대여섯 번씩 악마로 변신하는 걸 조는 알고 있다. 순진하게 엄마 뒤에 숨어서는, 까르르 청량한 웃음을 내세워서는. 귀여운 척 종종걸음으로 다가와 가증스러운 눈망울로 올려다보면 "애들이 다 그렇지 뭐, 허허" 하면서 용서받을 줄 아는 것일까. 천상의 눈을 속일 만한 악마의 발이 있다면 그렇게 작고 가증스러울 것이다.

조는 위층에서 소리를 내는 즉시 관리실에 전화했다. 불행히도 오래된 아파트라 신축 아파트들이 갖추고 있는 온라인 커뮤니티 시스템은 없었다. 만약 그런 게 있었다면 과학 칼럼니스트의 실력을 발휘하여 장문의 호소 글로 도배를 했을 텐데. 동정을 구하는 큰 줄기 아래 14층을 비난하는 논조가 저며들도록 썼을 것이다. 조가 관리실에 전화한 후 위층은 즉시 잠잠해졌지만 분이 풀리지 않을 땐 또 소리가 나기를 기다렸다.

여지없이 소리가 나면 조는 그 위치로 달려가 긴 청소용 밀대로 천장을 쿵쿵 쳤다. 거실 천장 한쪽이 벽지가 움푹 들어가 엠보싱처럼 보이기도 했다. 상관없어, 곧 재건축될 거니까. 하지만 그 자국을 볼 때마다 조는 자신의 부동산에 흠집을 낸 14층 가족을 원망했다. 밀대로 친 건 자신이어도, 원인은 그들이 제공했으니 결국 문제는 14층인 것이다.

2.

조는 천재 소리를 밥 먹듯 들어왔다. 〈과학 키즈〉라는 잡지에 실렸던 인터뷰 기사와 과학 경시대회에서 따온 메달 등은 어머니의 물건을 처분할 때까지도 항상 문갑 서랍의 상석을 차지했다. 처음 세티*에 빠진 것은 고등학교 때였고 대학도 천문학과로 진학했다. 세티는 우주 지능체를 찾는 연구로, 지구 인류를 우주의 영민한 창조물과 동급으로 올려놓을 수 있는 거의 유일한 프로젝트였다. 물론 이제는 다른 천체 물리학 분야가 더 주목받고 있지만, 조가 보기에 그 연구들은 비겁했다. 우주에서 오는 빛의 밝기와 온도, 파장으로 생명체를 찾겠다고? 그걸로 생명체가 살기 적합한 행성은 찾아낼 수 있다지만, 그런 걸 찾아서 뭐 해. 그 생명체가 외계인일지, 해삼 말미잘일지, 겨우 숨만 쉬고 사는 미생물일지도 모르는데. 존재하는 모든 것은 빛을 반사하고 그래서 우리는 기를 쓰고 은하와 별, 행성, 블랙홀이 보내오는 빛을 관측하며 존재를 확인하려 하지만, 결정

* SETI : Search for Extra-Terrestrial Intelligence. 외계의 지적 생명체들이 전파를 보낸다는 가정 아래 전파 망원경에 정교한 스펙트럼 분석기를 장착해 거기서 포착된 전파 주파수를 분석하는 작업을 말한다.

적으로 광학 신호는 그들의 지능 여부를 증명해주지는 못한다. 반면 세티는 우리에게 전파를 보낼 수 있을 정도로 우수한 지능을 갖춘 외계 생명체를 찾는 프로젝트다. 문명의 이기를 사용해 의도적으로 메시지를 보낼 수 있는 '지능체'와의 조우. 이얼마나 매력적인 만남인가? 천재만이 천재를 알아보는 것이다. 동료들이 해삼 말미잘을 찾는 동안, 조는 우주 지능체를 만날 것이라고 확신했다. 확률은 중요치 않았다. 지능의 여부만이 중요한 것이다.

조가 전파 천문학으로 대학원에 진학할 때 다른 천체 물리학 분야로 전향한 선배와 동기들은 조를 한심하게 여겼다. 그를 '우주 지능체를 기다리는 우주 저능아'라고 부르기도 했다. 일부는 언제 올지도 모르는 잡음 따위를 기다리며 시간을 허비하냐고 했고, 일부는 기다린다는 핑계로 딴짓하면서 연구비나 받아먹으려 한다고 했다. 씨발. 니들이 뭘 알아? 국가 지원금 정책을 살살 눈치 보다가 얍삽하게 돈 많은 쪽으로 갈아탄 주제에.

전향한 동료 중에는 조와 3년을 사귄 진도 있었다. 사실 조가 자신의 성을 이름처럼 부르기 시작한 건 진 때문이었다. 입학할 당시에는 조현빈이라는 이름과 긴 앞머리 때문에 당시 핫한 드라마 단골 남주였던 배우의 이름 '빈'으로 불렸다가 몇 개월 후 조의 별명은 조현병이 되었다. 자기 편한 대로 망각하고, 자기 유리한 대로 환각한다는 뜻이었다. 하지만 오로지 진만이 조를 다르게 불렀다. 진은 크고 까만 눈동자가 얼굴의 반을 채운 외계인 '조'˙의 사진을 보여주며 이렇게 말했다.

[너 이상하지 않아. 좀 특별한 세계에 있을 뿐이야.]

그때부터 조는 '조현빈'이 아니라 외계인 '조'가 되었다. 하지만 조의 정체성을 만들어준 진은 완전한 지구인으로 발붙여 살았다. 조와 다른 세계, 지구에서 성공한 직업인으로 말이다. 진을 마지막으로 만난 건 2014년, 드라마 〈별에서 온 그대〉 덕분에 도민준별 찾기 붐이 일었을 때였다. 과천의 한 천체 관측소에서 별자리에 대한 체험 자료를 만드는 일을 제안받았고, 경력 증명 서류를 떼기 위해 모교를 다시 찾았을 때 교수가 된 진이 강사실에서 나오고 있었다. 진의 품에는 천문학개론 강의안이 들려 있었고, 조의 가방에는 아이들을 웃게 만들어야 할 별자리 퀴즈가 들어 있었다. 동료들과 후배들이 박사가 되고 연구소의 요직을 차지하는 동안 조의 인생은 점점 외곽으로 물러났다. 천문학 연구소에서 천문대 행정 직원으로, 과학관의 진

Joe : 세티의 세스 쇼스탁이 형상화한 인간형 지적 외계 생명체의 이름. 스티븐 스필버그의 영화에 등장하는 이티(ET)와 흡사하다.

행 요원에서 1년에 한두 번 과학 칼럼을 투고하는 고학력빙신
으로.

　다시 만난 진은 낯설고 놀라웠다. 공중파 사이언스 채널에서
과학계 핫이슈에 관해 토론하는 시사 교양 프로그램 패널로 출
연한 것이다. 진행자는 그녀를 학계에서 가장 저명한 학자로 소
개했는데 조가 더 놀란 이유는 그녀가 내뱉는 말들 때문이었다.
진은 확신에 찬 눈으로 최근 미국을 떠들썩하게 한 성간 방문
객을 보여주었다. 길고 납작한, 시가 모양의 상상도였다. TV 왼
쪽 상단에는 '오무아무아,˙ 외계 생명체의 탐사선인가'라는 타
이틀이 걸려 있었고 진은 다른 패널의 시선을 전혀 의식하지 않
고, 그 시절 당당했던 모습 그대로 자신의 주장을 펼쳐나갔다.

　[오무아무아는 하와이어로 '탐색자'를 뜻합니다. 우리가 이것
을 외계 생명체의 방문으로 정의하는 이유는 간단해요. 오무아
무아는 우주의 물리 법칙에 위배되는, 명백히 능동적인 움직임
을 보였습니다. 소행성이라고 상상할 수 없는 길고 납작한 모양
이었고, 어마어마한 태양광을 반사했는데 그만한 행성에선 절

▪ 오무아무아 : 2017년 10월 19일 하와이 대학 연구진이 매우 빠른 속도로 태양계를 통과하는
　물체를 처음 발견했고, 미항공우주국(NASA) 관측 프로그램을 통해 이것이 최초의 '인터스텔
　라(성간) 천체'임이 확인됐다.

오승현

대 나오지 않는, 반짝이는 금속의 밝기에 근접했죠. 게다가 오무아무아는 태양 주위를 돌 때 중력만으로는 불가능한 궤도를 그렸습니다. 다시 말해 이것은 오로지 자기 힘으로, 태양의 중력에 휩쓸리지 않고 유유히 태양계를 지나갔다는 뜻입니다.]

TV에서 진을 본 이후로 조는 자주 휴대폰을 만지작거렸다. 대학 때 커플 휴대폰으로 처음 개통한 두 사람의 번호는 가운데 두 자리만 빼고 모두 똑같았다. 진의 번호도 조처럼 017에서 010으로만 바뀌었다면 지금 당장 그녀와 통화가 가능했다. 조는 번호를 눌렀다 지우고 또 눌렀다 지우기를 반복했다. 하지만 결국 그는 진의 번호를 누르게 될 것이었다. 얼마 전 그를 찾아온 전파 신호에 관해, 진이라면 분명 귀를 기울일 것이기 때문이다.

조는 거실에 병풍처럼 놓인 대형 모니터들을 바라보며 주머니의 담배를 만지작거렸다. 다른 세계와 이어진 끈. PC에 깔아놓은 세티앳홈 프로그램이 미국 캘리포니아주 ATA 전파 간섭계⟊에 들어온 우주 전파를 끊임없이 그에게 전해주고 있다. 조는 우주 지능체의 전갈을 받아 들고 새 시대를 선포하는 리더

⟊ 앨런 망원경 집합체(Allen Telescope Array, ATA) : 마이크로소프트 공동 창업자 폴 앨런의 기부금으로 건설된 미국 캘리포니아주 동북 지역에 있는 42개 전파 망원경의 군집.

의 모습을 상상하며 지루한 시간을 견뎌왔다.

이제 그 순간이 코앞으로 다가왔다. 조는 얼마 전 자신을 찾아온 지속적이고 반복적인 전파 패턴을 다시 실행해본다. 해변의 모래 위를 깔짝거리는 작은 파도처럼 낮고 잔잔하게 일렁이던 막대그래프가 어느 순간 폭발하듯 용솟음쳤다. 조는 이것이 어쩌면 세티가 시작된 이래 처음으로 발견된, 가장 강력하고도 확실한 우주 지능체와의 소통 기록이라고 확신했다. 또한 이것은 분명 진이 주장하는 성간 방문객과도 연관이 있을 것이다.

조는 카카오톡 사람 찾기에서 진의 휴대폰 번호를 검색했다.

[방송 나와서 한 얘기, 그것보다 더한 증거가 있어.]

메시지 옆에 1이 사라지지 않았다. 몇 년 만의 연락인데 인사말도 하지 않았다는 걸 뒤늦게 깨달았다. '그동안 잘 지냈어?'를 썼다가 다시 지웠다. 안부를 묻는 옛 연인보다 학자로 다가가는 게 맞다. 성간 방문객의 진실을 함께 탐구해줄 조력자로부터 온 연락을 진도 무시할 수 없을 것이다. 조는 진의 답을 기다리며 손끝의 미세한 조마조마함을 감추기 위해 분주하게 손가락을 놀렸다.

조는 진이 출연한 방송을 다시 재생했다. 중간 광고 영상이 떴다. 중산층 부부로 분한 남녀 배우가 마트에 힘들어 기지 않고 새벽 배송으로 고고한 생활을 유지한다는 콘셉트의 광고였다. 정제된 거실의 창가에 서서 우아하게 차를 마시는 여배우와, 그녀를 은은한 눈빛으로 바라보며 아이패드로 경제 동향을 살펴보고 있는 남자 배우에게 석연찮은 익숙함이 느껴졌다. 광고 속 부부의 의상은 정확하게 어제 엘리베이터에서 만난 윗집 부부와 일치했다. 과한 볼륨의 올림머리까지도. 그때 전화벨이 울렸다. 진이었다.

3.

진은 굳이 나의 연구실로 찾아온다고 했다. 눈으로 직접 확인해야겠어. 통화는 길지 않았지만 진은 이 말을 여섯 번 반복했다. 하지만 조는 진을 연구실로 초대할 수 없었다. 조의 공간은 오로지 연구에만 쓰이므로 연구실이 맞았지만, 연구 이외의 다른 모습도 섞여 있는 평범한 거실이기도 했다.

[그래 알았어. 일단 비대면으로 하지 뭐. 오무아무아가 관측된 사실을 알게 된 건 10월 19일이었지만, 실제로 태양계에 근접한 건 9월 9일부터이고, 9월 29일경 금성 궤도면을 지나친

후에 10월 7일경 지구 궤도면을 통과했어. 그 기간 동안의 시그널을 집중적으로 분석해보면 좋을 것 같아. 메일로 정리해줄 수 있을까?]

통화를 마치고 조는 책상 구석에 놓인 먼지 쌓인 달력을 끌어왔다. 해를 넘겨 1월이 되었으니 넉 달 전 데이터부터 갈무리해야 했다. 언제쯤 보낼지 날짜를 확정 짓지는 않았지만, 생각보다 빠르게 받아보고는 '역시 조는 달랐다'고 느끼게 하고 싶었다. 조는 집중했다. 칼 세이건이 시작한 프로젝트를 그가 끝낼 것이다. 조는 9월 9일 자 신호부터 유심히 들여다보았다. 중요한 것은 반복적이냐는 것이다. 1977년의 와우 시그널이 우주 지능체의 의도적 신호라고 인정받지 못하는 이유는 단 한 번의 전파였기 때문이다. 얼마나 강력한 신호였는지는 중요하지 않다. 반복적이고, 지속적인 패턴을 찾아야 한다.

쿵쿵쿵 쿵쿵쿵쿵쿵 쿵쿵쿵. 쿵쿵쿵 쿵쿵쿵쿵쿵 쿵쿵쿵.

반복적이고 지속적인 울림. 조는 '쿵' 하고 우는 벌레들이 귓속에 기어들어가 고막 앞에서 한바탕 축제를 벌이는 상상을 했다. 그렇지 않고서야, 그렇지 않고서야 어쩜 이렇게 무신한 듯

잔인할 수 있을까. 아이들의 뜀박질 소리, 슈퍼맨이 되어 소파를 날아올라 바닥으로 떨어지는 소리는 사라졌지만, 소음은 여전했다. 동요 리듬에 장단을 맞춰 발 구르는 소리, 뒤꿈치로 바닥을 치며 걷는 소리, 문 닫는 소리, 서랍장 여닫는 소리. 이런 소리들은 끊어졌다 다시 이어 붙으며 일정한 리듬으로 벽을 타고 내려왔다. 밤이면 부부도 한몫했다. 샤워하며 노래 부르는 소리, 헤어드라이어 소리, 섹스를 연상하게 하는 여자의 가는 소리. 그가 내지 못하는 소리이자 위층이 정상 가족임을 티 내는 소리. 그의 연구를 방해하는 소리이자 진을 떠올리게 하는 소리.

하지만 21세기는 상상하는 모든 제품이 현실에 존재하는 세상이다. 조는 '층간 소음'을 검색하자마자 웹 페이지를 도배하듯 등장하는 신문물에 오랜만에 입을 떡 벌렸다. 보복 스피커. 천장에 매달아 위층에 진동과 소리를 전달하는 장비로, 헤비메탈 음악에서부터 끼리릭 문을 여닫는 소리, 세탁기에 고양이를 넣고 돌리는 소리까지 위층으로 송출해준다. 누군가가 층간 소음으로 괴로워할 때 어디선가는 그것을 보복할 방법을 고민해준다는 것에 감사하며 조는 이것 역시도 과학의 진보가 해낸 일이라고 생각했다.

조는 그날로 두 개의 스피커를 주문해 거실에 하나, 위층이 아이 방으로 쓰는 작은 방 천장에 하나 설치했다. 소리는 여전했지만 전처럼 머리가 뜨거워지지 않았다. 이제는 관리실에 전화하거나 밀대를 드는 대신, 즉각 스피커 리모컨을 들면 되었다. 스피커가 작동되면 위층이 소음을 멈춘 것인지 여부와 상관없이 마음이 놓였다. 실상 스피커의 소음이 위층에서 내는 소리보다 더 크지만 그건 중요하지 않다. '나만 괴로운 게 아니'라는 자체가 힐링 아니겠나.

조는 데이터 분석 자료를 다시 펼쳐 수십 광년을 날아왔을 메시지에 집중했다. 소통은 서로에 대한 호의를 전제로 한다. 세티 연구소가 1970년대 처음으로 우주를 향해 메시지*를 보냈을 때 사람들은 두려워했다. 우리의 존재가 드러나 외계인이 지구에 쳐들어오면? 인간보다 고등한 생물이 인간을 잡아먹고, 지구를 식민지로 만들어버린다면? 외계인은 인간에게 호의적이지 않을 것이라고 전제했다. 그리고 인간의 존재를 티 내지 않고 그들의 존재를 알아내는 분야에 더 많이 투자하기 시작했다.

상대에게 귀 기울이는 만큼 상대도 귀를 연다. 조는 그렇게

* 아레시보 메시지(Arecibo message) : 1974년 11월 16일에 아레시보 전파 망원경에서 우주 공간을 향해 쏘아 보낸 전파 메시지. 전파에 의한 능동적 외계 지능 찾기(Active SETI)의 최초 사례다.

생각했다. 소통의 기본이 되는 '귀 기울임'의 자세를 조의 동료와 선배들은 하릴없이 기다리는 멍청한 짓이라고 단정 지었다. 그 연구를 고집하다 강등되고 단절된 조는 이번 연구를 통해 그들에게 하고 싶었던 말을 쏟아내자고 작정을 한 터였다. 자꾸만 손가락에 힘이 들어갔다.

띵동.

모든 생필품을 택배로 해결하는 조는 새벽에 집 앞에 두고 가는 서비스만 이용한다. 오후 2시. 이 시간에 찾아올 사람이 없는데 벨이 눌렸다는 것에 불쾌감이 먼저 일었다.

[안녕하세요. 1402호입니다.]

이사 온 지는 꽤 되었지만 목소리를 들어본 것은 처음이었다. 어딘지 비음을 섞어 발음하는 것 같은데 의외로 투박했고 세련된 느낌은 없었다. 스타일만 보면 딱 떨어지는 서울 말씨가 어울렸지만 사투리도 아니고 교포 발음도 아니고, 하여간 거슬리는 말투였다. 조는 문을 열며 카디건 소매 속으로 손을 넣어 팔뚝을 벅벅 긁었다.

"어쩐 일로……."

'난 들을 말이 없는데'라는 메시지를 표정에 가득 담았다. 하지만 위층 여자는 눈치가 없었다.

"자꾸 이상한 소리가 들립니다. 혹시……."

이를 어쩐다. 이미 늦었다고 말할까 말까. 관리실 통한 것도 몇 번이고 또 밀대로 티를 낸 것도 수십 번은 넘는데. 진즉에 내려와 이렇게 조아렸다면 어땠을까 잠시 상상해보았다. 그러다가 조는 어느 저녁, 엘리베이터에 뛰어든 위층 남자가 떠올랐고, 잘 다려진 하얀 셔츠의 소매를 두 번 접어 올린 단단한 팔 근육이 떠올랐다. 그 셔츠를 정성스럽게 다렸을 그의 아내와 그 팔뚝에 매달려 우주선을 탈 그의 자식들이 위층에서 조의 머리 위를 밟고 선 기분에 휩싸였다. 누가 이기나 한번 해볼까.

"이상한 소리요? 그건 제가 드리고 싶은 말씀인데."

"……네?"

모르는 척은.

"법적으로 아래층이 무조건 피해자인 건 아세요?"

"네?"

"이 말은 1402호가 무조건 가해자라는 말씀입니다. 데시벨 측정해서 당장 고발하려면 할 수도 있어요."

여자의 눈은 커진 채로 깜빡일 줄 몰랐다. 대답도 "네?"밖에 모르나. 조는 아랑곳없이 계속 이어갔다.

"자제분들 좀 자제시키시라는 말씀입니다."

할 말을 잃은 사람처럼 멈춰 있는 여자를 두고 조는 문을 닫았다. 잠시 후 여자는 한 번 더 벨을 눌렀다. 무릎까지 딱 떨어지는 파란 원피스의 치맛자락 사이로 금색 쇼핑백이 반짝였다. 죄송해요, 저희가 더 신경 쓸게요. 이런 말이 나올 거라고 생각했는데 여자는 울룩불룩 튀어나온 쇼핑백을 조의 앞으로 내밀었다. 말보다 이런 게 통한다고 생각하는 여자였나.

"과일이요? 필요 없습니다."

"간식을 먹으면 행복해진다죠? 에너지 필요할 때 한 개씩 섭취하세요."

"저 과일 안 먹어요. 가져가세요."

그렇게 안 봤는데 위층 여자는 뻔뻔하기까지 했다. 조는 반보 앞으로 내민 슬리퍼를 문 안으로 끌어당겼다. 여자는 닫히는 문을 손으로 잡았다.

"아, 저기. 며칠 전부터 아이들 방에서 이상한 소리가 납니다. 그게 아무래도 바닥 아래서, 음 그러니까 13층에서 들리는 것 같습니다."

아이들이 집중을 못 한다고 했다. 불을 끈 후 찾아오는 적막 속이라면 고양이 울음소리는 더 처절하게 소름 끼칠 것이다. 소음 옵션 선택을 잘했군. 조는 슬리퍼를 다시 밖으로 반보만 내밀며 말했다.

"난 그런 소리 못 들었는데……. 아, 혹시 밖에서 나는 소리 아닐까요? 예전에 그런 얘기도 있었잖아. 말 안 듣는 아이들 잡으러 온 홍콩할매귀신이 고양이 키운다는 얘기요. 그 집 애들이 상당히 시끄럽잖아요. 혼내주러 오나 보지……. 다음에 소리 날 때 문 한번 꼭 열어보세요. 홍콩할매가 14층까지 올라오려면 염력 소진이 꽤 되니까 너무 밖에 세워두진 마시고요."

여자가 사라진 문에는 과일 쇼핑백이 걸려 있었다. 조는 쇼핑백에서 과일을 꺼냈다. 알이 굵고 적당히 익은 사과와 배, 자몽, 샤인 머스캣이 두세 개씩 담겨 있었다. 흠집 하나 없는 게 가장 좋은 알로 싸 보낸 모양이었다. 표현이 서툰 사람으로 보이진 않았는데. 냉장고에 과일을 옮겨 담다 구겨진 메모지 하나를 발견했다. 삐뚜름한 글씨로 '아'인지 '오'인지, '무'인지 '마'인지 모를 글씨들이 마구 적혀 있었다. '죄송합니다.'나 '뛰지 않을게요.' 정도면 모를까, 애들 글씨 연습한 낙서를 같이 보내다니. 조는 과일을 깎아 맛있게 먹었다. 아이들의 메모지는 껍질을 받치는 데 사용했고, 다 먹은 후엔 껍질과 함께 쓰레기통에 버렸다.

닫힌 문을 보며 위층 여자는 어떤 표정을 지었을까. 어쨌거나 그쪽은 가해자고, 피해자는 이쪽이야. 그동안 받은 스트레스, 갚아주려면 아직 멀었어. 물론 실수일 수도 있다. 하지만 소음은 소음 아닌가. 조는 그 후로 위층의 실수 강도에 맞춰 스피커의 강도를 조절했다. 동그란 눈을 더 크게 뜨고 아무것도 모른다는 얼굴만 하면 단가? 어른이 어찌할 새도 없이, 눈 깜짝할 새 뛰고 나르는 게 애들 아닌가요? 이런 무고한 표정이 조를 더 화나게 했다. 어쩔 수 없는 건 없어. 밧줄로 꽁꽁 묶어놓더라도 남에게 피해를 주면 안 되는 거잖아. 그게 맞다고 생각하며 조는 스피커 볼륨을 더욱 높였다.

[얘기 좀 하시죠.]

주말에는 남자가 찾아왔다. 조가 와인 병따개를 찾고 있었을 때였다. 10월 7일 자, 우주 지능체가 지구를 지나친 바로 그 날짜의 데이터 검토를 마치고 그 놀라운 결과를 자축하려고 와인과 치즈를 주문해둔 주말이었다. 이전 날짜의 전파 강도는 3에서 4 정도로 그렇게 세지도, 지속적이거나 반복적이지도 않았다. 하지만 10월 7일, 지구에서 가장 가까웠던 그날 갑자기 전파 강도가 평상시의 30배 가까이 뛰어올랐다. 주파수도 1천 420기가헤르츠에 가까웠다. 천문학자들이 외계인이 통신해올 때 선호할 것이라고 예측한 바로 그 주파수였다. 위층 남자는 이 감격의 순간을 깬 것도 모자라 문을 똑똑, 두 번 더 두드렸다. 분위기가 깨져 기분이 꺾인 데다 위층 남자의 풍채가 좋아 보여 더 언짢아졌다. 조는 어깨가 넓어 보이는 티셔츠로 갈아입고 문을 열었다.

"무슨……."

기어들어가려는 목소리에 힘을 더 줘보려 괜한 어깨에 힘을 들였다.

"일전에 아내가 찾아뵈었다고 들었습니다. 불편드린 점 사과드립니다."

조는 생각보다 깍듯한 남자의 태도가 거슬렸다. 이럴 땐 따지고 들어오는 게 맞는 거 아냐? 검은 뿔테 안경 너머 진지한 눈빛을 마주하자, 센 척이 소용없음을 알았다. 기싸움으로 대적할 수 없다면 전략을 바꿔야겠다고, 조는 생각했다.

"아 네네. 아닙니다. 전보다는 많이 나아진 것 같아요. 그렇다고 아주 조용하진 않지만……. 그런데 일전에 고양이 울음소리는 괜찮아졌나요? 그것 때문에 오신 거라면……."

저도 골머리를 앓고 있습니다, 어느 층에서 나는 소리인지 모르겠지만 참 악질이네요, 저도 그 소음 때문에 잠을 설처 수

면제를 처방받았습니다, 라고 힘없는 목소리로 동조할 준비를 했다. 그러나 남자는 다른 무기를 준비했다.

"혹시 담배 태우시나요?"

조는 방금까지 손가락 사이에 끼워져 있던 돛대를 비벼 끄듯 엄지와 검지를 문질거리며 입을 꾹 다물었다.

"집에 있으면 이상한 냄새가 납니다. 저희 고향에선 한번도 맡아보지 못한 역겹고 기분 나쁜 냄새입니다. 경비실에 물어보니 담배 냄새라고 하더군요. 저희 가족은 담배를 피우지 않는다고 하니, 이웃에서 담배를 피우면 자연스럽게 연기가 이 집 저 집 돌아다닌다고 합니다. 죄송합니다만, 아파트 안에서는 자제해주시겠습니까? 아파트 관리 규약을 읽어보니 담배는 건물 밖 지정 장소에서만 가능하다고 나와 있었습니다. 부탁드립니다."

정중해 보이고자 양손을 모은 남자의 태도가 조를 더 화나게 했다. 정작 층간 소음 때문에 피해를 참고 견딘 사람이 누군데, 그깟 담배 냄새 좀 난다고 피해자 코스프레야? 조는 자신이 볼일을 볼 때마다 담배를 물고 변기에 앉아 있었던 것, 진전 없이 막힐 때마다 거실 베란다에서 하늘을 향해 연기를 뿜었던 것 등을 까맣게 잊었다. 문틈으로 혹시나 냄새가 새나갈까 조는 문밖으로 몸을 완전히 빼내어 문을 닫았다. 꺼졌던 센서 등이 반짝하고 켜졌다. 남자의 눈빛이 가까워졌다. 조는 애써 눈을 부라렸다.

"증거 있으세요?"

"네……?"

"제가 집 안에서 담배 피웠다는 증거가 있으시냐고요."

조는 알고 있었다. 건물을 부수거나 화재를 일으키는 등의 사고가 아니라면 집은 안에서 어떠한 행위를 하더라도 법적으로 막을 수 없는 사유지라는 것을. 흡연 중단 방송이 꾸준히 있어 왔지만 그런 권고만이 유일한 방법이라는 것도. 층간 소음을 측정하고 고발할 수 있는 근거는 몇 년 전에 생겼고 그래서 조는 위층을 고발할 수 있지만, 담배 민원은 집 안에서 흡연하는 장면을 덮치더라도 법적으로 책임을 물을 수 없고 그 얘기인즉 위층은 조를 고발할 수 없다는 얘기다. 담배 피지 말아주세요. 이 말밖에 할 수가 없다. 지금 이 남자처럼.

아랫집 윗집 사이에 울타리는 있지만 기쁜 일 슬픈 일 모두 내 일처럼 여길 수 없다. 중요한 건 울타리, 울타리다. 너희 집 우리 집 사이에 울타리. 확실한 공간 구분이 되기 때문에 이 안에서 담배 연기를 만드는 것은 아무런 문제가 되지 않는 것이다.

4.

새로운 모멘텀이 시작되었다. 10월 7일 이후로 신호의 규칙성이 완전히 달라졌다.

좀 더 강력했다. 고高점에서 약 3초간 춤추듯이 흔들리다가 잠잠해지고 약 23초 후 다시 한번. 3초간 춤추고 다시 멈췄다가 25초 후 한 번 더. 총 다섯 번의 강력한 신호였다. 그리고 약 3분 후 다시 같은 패턴이 이어졌다. 조는 한파가 왔다 가는지도 모르게 연구에 몰두했다. 이것은 운명이다. 이 유의미한 전파가 조의 컴퓨터로 흘러들어온 것도, 조가 직장을 구하거나 연애를 하지 않고 그냥 흘러갈 수도 있었던 특별한 신호를 발견해낸 것도.

조는 먼저 해당 유닛의 좌표 데이터를 분석했다. 신호가 발신된 것으로 추정되는 위치가 천구 좌표에 표시되었다. 조는 궁수자리를 손가락으로 짚었다. 이쪽이라면? 20세기에 보내진 아레시보 메시지와 코스믹 콜 시리즈가 바로 궁수자리를 타깃으로 쏘아 올려진 것이었다. 그렇다면 만약 그들이 우리가 보낸 메시지에 답을 한 것일 수도 있지 않을까? 저명한 세스 박사도 2020년에 우주인의 메시지가 지구에 도착할 가능성이 있다고 예측하지 않았던가.

우수한 지능을 가진 그들이라면 아마도 우리가 메시지를 작성한 방식대로 답을 작성해주었을 것이다. 조는 20세기에 보내진 여러 메시지의 정보를 갈무리하고 메시지 작성 방식을 면밀히 조사하기 시작했다. 그 방식을 기초로 조는 해당 전파의 독특한 스펙트럼을 입체적으로 분석했다. 3차원의 그래프를 2차원 데이터로 슬라이스하여 총 3천 825장의 개별 소스를 얻었고 이 신호의 강약을 숫자 1부터 9로, 더 강한 신호는 A부터 Z로 대응해 표시했다. 그러자 연속된 알파벳이 등장했다. 처음 3초의 신호는 'C', 그다음은 'H', 'O', 'C'로 이어지다가 마지막 3초는 'O'를 나타냈다.

초코choco?

조는 담배 한 개비를 꺼내 불을 붙였다. 의미 있는 단어인지는 모르겠지만 일단 '의미'가 있는 단어를 하나 찾아냈다는 것에 조는 벅찬 숨을 내쉬었고, 그것은 담배 연기와 함께 거실을 가득 채웠다. 이게 무엇이든, 일단 조의 면을 세울 키워드 하나가 생긴 것이다. 지난 몇 주의 고뇌가 초콜릿처럼 달달하게 녹아들었다. 속이 꽉 찬 페레로로쉐를 한입 깨물 때보다 더 황홀한 연기가 입안을 꽉 채웠다. 조는 재를 털 만한 물건을 찾다가 거실 환풍기 쪽으로 연기가 빨리듯 사라지는 것을 목격했다. 그래도 담배는 끄지 않았다. 연기가 아이들의 코로 들어가는 정도보다 아이들의 발장구가 조의 신경을 긁는 빈도가 언제나 더 많았지 않은가.

자, 이제는 초코가 무엇을 의미하는지 찾아야 했다. 조는 60년간 지구로부터 발송된 전파 메시지 자료들을 조사하기 시작했다. 전공 서적들, 논문 자료들, 과학 잡지 기사들을 꼼꼼히 파헤쳤다. 진에게 문자 메시지가 왔다. '도와줄 거 없어?' 조는 진에게 'choco를 찾았어'라고 썼다가 지웠다. '기대하라'고 썼다가 다시 지웠고 결국엔 답을 보내지 않았다. 하지만 진은 그의 침묵에 익숙할 거였다. 조는 조만간 침묵을 깨고 진을 찾아갈 날을 마음에 새겼다. 몇 주 지나면 밸런타인데이고, 그날은 17년 전 진이 조에게 처음 고백을 한 날이었다. 이번엔 그가 갈 것이다. 초콜릿이 담긴 메시지를 들고서.

일주일을 꼬박 매달려 겨우 연관을 지을 만한 자료 하나를 발견했다. 1999년 5월 24일, 세기말의 공허함과 함께 지구를 떠난 코스믹 콜1[*]의 사진 자료에 초콜릿 이미지가 포함되어 있었다. 지구를 대표하는 사진으로 보기에는 촌스러운 감이 없지 않지만, 사진에는 대한민국 대표 초콜릿이 보였다. 위층 아이들 나이 정도로 보이는 한국의 남자아이가 가나 초콜릿의 은박을 반 이상 벗긴 채 손에 들고 즐거워하는 사진이었다. 판 초콜릿 특유의 네모 조각들이 조명을 받아 더욱 선명해 보였고 아이의 얼굴에는 행복이 가득 차 있었다. 사진의 제목은 〈SWEET CHOCOLATE〉. 조는 사진을 확대해 자세히 관찰했다. 아이가 있는 장소는 공원으로 보였다. 그리고 공원 위에는 구름 없는 파란 하늘이 보였고, 뒤쪽에는 가지런히 정렬한 아파트들이 줄지어 서 있었다. 1999년에 아파트가 지어진 지역은 대한민국에서 손에 꼽힐 정도였을 텐데. 조는 1990년대 아파트 사진들을 구글링해보았다. 이질적인 어울림이면서, 본질적인 욕망이 숨어 있는 풍경. 여긴 바로, 운당이었다.

---

[*] 1999년 5월 24일, 우크라이나 유파토리아에서 전송한 METI(Messaging to Extra-Terrestrial Intelligence: SETI보다 더 적극적으로 우주에 신호를 보내는 작업) 메시지. 지구의 모습을 담은 다양한 사진 데이터가 포함되었다.

오승현

5.

[아아, 주민 여러분께 안내 말씀드립니다.]

배달시킨 저녁 식사가 도착할 시간이었다. 마이크 켜는 소리가 웅 하고 울려 조는 관자놀이를 질끈 눌렀다. 뭐 하자는 거야. 이 시간에 방송이야. 관리소장인 듯 들리는 탁성은 뻔한 소식 하나와 기다리던 소식 하나를 전해주었다.

[최근 실내에서 담배 냄새가 난다는 민원이 빈번해지고 있습니다. 아파트 주민 여러분, 이웃을 가족처럼 생각하시어 흡연을 삼가시길 당부드립니다.]

민원은 1402호에서 넣었을 것이다. 종일 뻥긋할 일 없는 조의 가는 입술 사이로 웃음이 새어 나왔다. 칫. 웃기고 있네. 이웃을 어떻게 가족처럼 생각해? 위층 부부 침대 부수는 소리를 가끔 듣는다고 해서 내가 그 집 가족이 되는 건 아니잖아. 조는 다시 한번 저들이 염치없다고 생각했다.

두 번째는 기다리던 소식이었다. 운당구에 몇 안 되는 PC 공법 아파트인 우리 아파트가 결국 안전 진단에서 D등급을 받아냈다는 것이다. 관리소장은 민원을 전할 때와는 다르게 상당히 격앙된 목소리였다.

[재건축 조합 설립 추진 위원회 구성을 위한 동의 절차가 시작될 예정이오니 주민 여러분께서는 단지 중앙 마당에 설치된⋯⋯.]

'경축. 우리아파트 재건축 조합 설립 추진 위원회.' 보루로 사다 둔 담배가 떨어졌다는 걸 발견하고 밖을 나와 보니 한낮의 기온이 달라졌다. 곧 입춘이라는 건 입주자 대표 회의가 떠들썩하게 둘러놓은 현수막의 꽃 장식을 보고 눈치챌 수 있었다. 낡은 아파트 담벼락과 어울리지 않는 화려한 현수막은 이 아파트 사람들이 재건축을 얼마나 반기고 있는지를 보여주는 것 같았다. 조는 우리아파트가 정비 구역으로 포함되기 전부터 안전 진단을 맡기기 전까지 이 사업을 추진하기 위해 분주했던 601동 동 대표, 어머니를 떠올렸다. 어머니가 이 광경을 보면 얼마나 기뻐했을까. 편의점에서 담배 두 보루를 사 들고 돌아오는 길에, 아파트 중앙 공원에 설치된 천막에서 한 사람이 툭 튀어나왔다. 어머니가 602동 여사님이라 부르던 옆 동의 동 대표였다.

"아이고, 총각! 이게 얼마 만이야? 601동 여사님 장례 치르고 어떻게 한 번도 안 보여? 결혼이라도 한 줄 알았잖아."

오승현   밸런타인 시그널 153

어머니 살아계실 때도 만날 때마다 조의 결혼 얘기를 꺼내 속을 뒤집어놓던 수다쟁이였다.

"어떻게, 잘 지냈어?"

"아……. 네. 뭐, 그냥……. 좀 바빴어요……."

조는 귀찮은 날파리를 쫓아내려 꼬리를 휘젓는 코끼리처럼 휘 휘 머리카락을 쓸어 넘겼다. 아파트 입주자 대표를 10년째 하는 602동 1104호 아주머니는 조의 어머니와 잘 지내는 편이었다. 엉겁결에 이사 온 동네가 서울 강남 버금가는 도시로 자랄 줄 몰랐던 풋내기 시골 아낙에서 시작해, 운당 재건축 1호 단지의 부녀회가 될 것이라는 자부심이 둘 사이를 이어주는 끈이었을 것이다.

조의 어머니는 운당 시내에서 작은 로또샵을 운영했다. 아파트에서 멀지 않은 곳이었다. 조가 여덟 살 되던 해 아버지와 사별하고 홀몸으로 조를 석사까지 뒷바라지하며 운당 20억짜리 아파트를 자산으로 물려준 어머니였지만, 그런 어머니를 만든 것은 '신이 누구에게나 있을 수 없기에 로또를 만들었다'고 믿는 사람들이었다. 금요일 저녁부터 세 평 반짜리 좁은 가게 안은 펜대를 귀 뒤에 꽂은 아저씨들과 장지갑을 겨드랑이에 낀

아줌마들로 가득했고, 옆집 화장품 가게 사장님은 자신의 상점 앞까지 이어진 줄을 향해 출입구를 막지 말라며 소리를 질렀다. 조와 어머니는 운을 바라는 모든 이들에게 무한히 감사했다. 로또는 달랑 종이 한 장으로 모든 이에게 위로를 주는 기적이며, 그 기적은 다시 조에게로 와서 위로금이 되었다.

동 대표 아주머니는 본인을 재건축 추진 위원회장으로 선임하는 구성안 동의서를 내밀며 말했다.

"나 요새 너희 엄마 생각 많이 한다?"

대답하지 않아도 이어 말할 것을 알기에 조는 대꾸 없이 기다렸고, 여사님은 조의 손에 볼펜을 쥐여주며 서명란을 손가락으로 가리켰다.

"너희 엄마 가게에서 매주 로또 사도 한 번을 안 되더니, 세상에, 진짜 로또는 따로 있었던 거야. 그렇지 않니? 이거야말로 진정한 로또 아니겠냐고!"

투기와의 전쟁을 선포한 정부를 상대로 30년도 되지 않아 재건축에 성공한 운당구의 첫 번째 아파트라……. 602동 여사님은 한껏 우쭐함을 즐겼다. 현재 15층짜리 아파트가 만약 30층까지 올라간다면? 40층까지도 가능하다면! 청약보다 확률 높고 땅 투기보다 안전한 로또가 되는 것이다. 조는 이런 무드가 자신에게도 위로금을 건넬 마지막 보루라는 생각이 들었다. 손에 든 봉지에서 담배 한 보루를 꺼내 비닐을 깠다. 2월의 바람은 아직 많이 추웠다.

대충 서명하고 자리를 뜨려는데 천막 뒤로 접근 금지 테이프를 칭칭 감은 나무가 눈에 들어왔다. 지난 가을 스스로 발화했다던 고사목에는 '철거 예정' 푯말이 걸려 있었다.

"어차피 재건축할 때 밀어버릴 텐데 뭐 하러 철거를 따로 해요?"

602동 여사님은 떼꾼한 눈을 조에게 들이밀었다.

"그때까지 이걸 그냥 둬? 분위기 숭숭하고, 집값 떨어져서 안 돼! 내가 진작부터 불렀는데 아직도 인부 날짜가 안 잡혔네. 조경 업체를 바꾸든지 해야지 말야. 601동 여사님이 연결한 업체인데, 총각도 아나?"

"아, 아뇨."

"세상에, 벌써 4개월이 다 돼가는데! 그게 언제야, 10월 7일이었잖아, 10월 7일!"

엘리베이터 안. 조는 602동 여사님과의 마지막 대화를 복기했다. 오무아무아가 지구를 지나가던 날, 우리아파트의 나무가 죽고 한 가족이 이사를 왔다. 그리고 반년도 되지 않아 그들은 다시 아파트를 떠나려고 한다.

[참! 총각네 위층은 이사 간다면서? 요 앞 부동산에 내놨다던데. 재건축 예정진데 왜 파냐고, 부동산이 진심으로 궁금해서 물어봤는데, 잠실로 간다던가, 목동으로 간다던가…… 아무튼 돈이 좀 있는 집 같더라네? 먼저 나가고 천천히 팔면 된다고 했다더라고?]

여사님은 위층이 어떤 사람들이었냐고 조에게 물었다. 이사 온 지 몇 개월밖에 안 됐는데 알 리가 없지 않냐고 반문했지만 조는 심장이 쿵 아래로 떨어지는 느낌이 들었다. 조는 거울로 얼굴을 돌려 왼쪽 입꼬리를 한껏 끌어올렸다. 심장을 끌어내리는 중력 가속도에 저항하려는 몸짓이었다. 참나. 그 정도도 못 버티면서, 잘난 척은.

6.

하늘에 검은 기가 도는 걸 보니 비가 올 모양이었다. 거실 창문을 통해 보는 2월은 여린 잎 하나 보이지 않는, 여전한 겨울이었다. 조는 그를 방해하는 유일한 소음이 이제 막 한두 방울

창문을 때리는 빗소리뿐이라는 사실을 흡족히 되새겼다. 지금 1402호엔 아무도 없다.

위층이 떠나던 날, 조의 집 현관문에 포스트잇 한 장이 붙어 있었다. 글자는 어른이 쓴 건지, 아이가 쓴 건지 알 수 없을 정도로 꾹꾹 눌려 있었고, 또박또박 쓰려고 한 건지 감정을 다스리려 한 건지 모르겠는 느릿한 글씨들이었다.

[할 말 있어요?]

조는 문장 끝의 물음표는 잘못 쓴 게 아닐까 생각했다. 할 말을 다 못 하고 간 건 그쪽이겠지. 그는 할 말이 없었다. 설령 있다 해도 떠나는 마당에 무슨 얘기. 조는 매번 그랬듯이 위층에서 온 메시지를 쓰레기통에 넣었다. 그러고는 승리의 쾌감을 음미했다.

2월 14일에 결과를 가지고 가겠다고, 진에게 메일을 보냈다. 비록 알파벳 다섯 글자에서 더 나아가진 못했지만 나머지는 진과 이야기하다 보면 풀릴 것 같았다. 하지만 며칠이 지나도 기다리는 답장은 오지 않고 지긋지긋한 편두통만 찾아왔다. 톡 메시지를 보내볼까 생각하다가 소파에 누워 인공 지능 스피커에 음악을 주문했다. 라흐마니노프의 〈피아노 협주곡 2번〉

이 흘러나왔다. 조는 이 곡을 처음 듣는 순간부터 강하게 끌렸었다. 처음 발표한 〈교향곡 1번〉의 실패 이후 극심한 우울증에 빠졌던 라흐마니노프를 재기에 성공시킨 작품이 바로 이 곡이었다. 조는 작곡가이자 동시에 유능한 피아니스트이기도 했던 그의 성공 스토리가 자신과 닮은 점이 많다고 생각했다. 특히나 이 곡은, 초반 오케스트라에 한없이 밀리던 피아노 선율이 점차 강인한 모습을 드러내며 마지막에 주인공으로 우뚝 선다. 결국 조도 그럴 것이다. 드라마틱한 반전의 선율을 울릴 것이다.

조는 우울증의 덫에서 놀라운 피아노 선율을 발견한 이 음악가처럼, 무의미해 보이는 전파 속에서 의미 있는 단어를 찾아낸 자신을 다시 한번 추앙했다. 물론 '초코'가 무엇을 의미하는지는 아직 미궁이긴 하지만. 그건 아마 차후 그를 스카우트하는 연구소에서 비용과 인력을 지원받아 차차 연구하면 되는 내용이었다.

두통이 좀처럼 나아지지 않아 타이레놀을 찾던 차였다. 갑자기 PC 본체에서 징— 하는 굉음이 시작됐다. 조는 소리에 민감한 심장을 손으로 누르며 책상 의자에 앉았다. 모니터에 평소에는 볼 수 없던 창이 뜨고, 그 위에 깨알 같은 숫자들이 나열

되었다. 숫자는 0과 1의 무한한 나열, 바로 이진수였다. 0과 1은 반복적이고, 발작적으로 이어졌다. 숨을 끊어놓으려는 듯 가는 선처럼 길게 이어지는 숫자들에 조는 목이 조여왔다. 애써 눈을 깊게 깜박이고 호흡을 길게 내뿜었다. 음량 소거 버튼도 소용없었다. 굉음은 멈추지 않았다. 그것은 PC에서 나는 소리가 아니었다.

미친 듯이 발광하는 조와 함께 의자가 쓰러지고 테이블 위 물건들이 바닥을 나뒹굴었다. 조는 양손으로 귀를 막은 채 모니터를 돌아보았다. 그러자 멀리서 본 이진수에 규칙이 보였다. 마치 다섯 살 아이가 쌓아 올린 블록처럼 숫자들은 반듯하고 정확한 네모가 되어 층층이 높아가는 것이었다. 반듯한 네모들이 더 높은 층으로 오른다. 높이 높이, 모니터 밖으로, 더 높이, 1302호의 천장을 뚫고, 더 높이, 1402호를 지나 15층 아파트 위에 착착 쌓여 올라간다. 높이, 더 높이.

01000101 01000001 01010100 01000011 01001000 01001111 01000011 01001111

01000101 01000001 01010100 01000011 01001000 01001111 01000011 01001111

01000101 01000001 01010100 01000011 01001000 01001111 01000011 01001111

01000101 01000001 01010100 01000011 01001000 01001111 01000011 01001111

01000101 01000001 01010100 01000011 01001000 01001111 01000011 01001111

01000101 01000001 01010100 01000011 01001000 01001111 01000011 01001111

01000101 01000001 01010100 01000011 01001000 01001111 01000011 01001111

01000101 01000001 01010100 01000011 01001000 01001111 01000011 01001111

01000101 01000001 01010100 01000011 01001000 01001111 01000011 01001111

01000101 01000001 01010100 01000011 01001000 01001111 01000011 01001111

01000101 01000001 01010100 01000011 01001000 01001111 01000011 01001111

01000101 01000001 01010100 01000011 01001000 01001111 01000011 01001111

01000101 01000001 01010100 01000011 01001000 01001111 01000011 01001111

01000101 01000001 01010100 01000011 01001000 01001111 01000011 01001111

01000101 01000001 01010100 01000011 01001000 01001111 01000011 01001111

01000101 01000001 01010100 01000011 01001000 01001111 01000011 01001111

01000101 01000001 01010100 01000011 01001000 01001111 01000011 01001111

01000101 01000001 01010100 01000011 01001000 01001111 01000011 01001111

01000101 01000001 01010100 01000011 01001000 01001111 01000011 01001111

01000101 01000001 01010100 01000011 01001000 01001111 01000011 01001111

01000101 01000001 01010100 01000011 01001000 01001111 01000011 01001111

01000101 01000001 01010100 01000011 01001000 01001111 01000011 01001111

01000101 01000001 01010100 01000011 01001000 01001111 01000011 01001111

조는 모니터로 달려가 반복된 숫자들을 응시했다. 0과 1, 빛과 그림자, 음과 양, 기울기와 직선, 너와 나, 상반되는 의미체들이 스쳐 지나갔다. 아파트와 주택, 고층과 저층, 진과 조, 상반된 의미체들이. 동기들, 연구소, 조와 상반되는 의미체들이.

위층의 얼굴이 하나씩 스쳐 갔다. 손을 어쩔 줄 모르던 여자와 허리를 굽혀 인사하던 남자, 엘리베이터에서 만날 때마다 엄마 뒤에 숨던 쌍둥이들, 가족, 이웃, 남자, 아내, 아랫집 윗집 사이에 울타리는 있지만 기쁜 일 슬픈 일 모두 내 일처럼 여기고. 오케스트라와 피아노의 협주곡이 어릴 적 발 구르며 부르던 노랫소리로 이어졌다. 아랫집 윗집 사이에. 울타리, 천장, 상반되는, 아랫집 윗집, 1302호와 1402호, 의미체들, 뛰지 않아요, 아랫집 윗집, 죄송합니다, 얘기 좀, 야옹, 드르르, 얘기 좀, 야옹, 얘기 좀.

과일과 함께 딸려온 오와 무와 아와 무의 글자들이 떠올랐다. 오무아무아, 쌍둥이들, 똑같은 얼굴들, 유의미한 신호가. 14층, 아파트, 똑같은 옷, 초콜릿, 아파트, 10월 7일, 유의미한 시그널이.

이 숫자의 의미를 밝혀내야 한다. 그래야 멈출 수 있다. 이 소음을 끝내고 싶다는 생각에 닿자 조의 행동이 빨라졌다. 이진

법을 문자로 변환해보자. 조는 한 손으로 머리를 감싸고, 한 손으로 검색 엔진을 열어 아스키 코드식 이진법 변환 프로그램을 찾아냈다. 반복되는 숫자들을 복사한 후, 변환기를 돌리는 순간, 익숙한 단어가 나타났다.

[EATCHOCO]

조가 지난 몇 달 동안 연구하여 발견해낸 단어가 포함되어 있었다. 그렇다면 이 소음은 조가 발견한 우주 지능체의 메시지와 연관이 있단 말인가? 미친 듯이 발작하는 굉음과 하늘을 뚫을 듯한 숫자의 기세가 초코의 발신자와 동일하다는 건가. 띄어쓰기를 포함하면 한 문장으로 읽을 수 있는 여덟 개의 알파벳. Eat choco. 초콜릿을 먹다. 초콜릿을 먹다……. 초콜릿을 먹고 싶다고?

쿵. 쿵. 쿵. 이번엔 몸 전체를 울리는 진동과 함께 벽을 치는 듯한 소리가 시작되었다. 위층은 아니었다. 그들은 이미 사라졌다. 쿵. 쿵. 쿵. 이건 밖에서 들리는 소리였다. 쿵. 쿵. 쿵. 땅. 땅. 땅. 라흐마니노프의 협주곡도 막바지에 이르렀다. 땅. 땅. 땅. 힘있게 울리는 피아노 음에 맞춰, 소음은 점점 가까이 다가왔다.

쿵. 쿵. 쿵. 조는 베란다 커튼을 활짝 열어젖혔다. 앞 동의 움직임을 살피자, 평소와 다른 무드가 눈에 들어오기 시작했다. 불이 난 것도 아니고, 지진이 난 것도 아닌데 사람들의 움직임이 작은 창으로도 보일 만큼 분주했다. 재건축 추진 위원회장으로 선출된 602동 여사님이 비상계단을 뛰어 내려가고 있었다. 반짝 켜졌다 사라지는 센서 등이 한 층 한 층 아래로 사람들을 따라 내려갔다. 아파트를 로또라고 했던 그녀가 전속력으로 아파트를 벗어나려 하고 있다. 무슨 일이 벌어진 것이 분명했다.

조는 반대편 부엌 쪽 베란다로 뛰어갔다. 쿵. 쿵. 쿵. 굉음과 진동이 점점 가까워져온다. 창틀이 흔들리고 바닥이 운다. 이쪽은 작은 공원과 6차선 도로가 있으니 시야 확보가 가능할 것이다. 조는 뿌연 유리창을 활짝 열었다. 입자가 굵은 먼지가 훅 조의 얼굴을 덮쳤다. 눈으로 들어간 티끌을 비벼 밀어낼 새도 없이 조는 눈을 번쩍 떴다. 아니, 눈을 감을 수 없었다.

공원과 도로 너머의 대단지 아파트가 사라지고 있었다. 한 동 한 동씩 차례로. 건물의 위쪽부터 뭉텅뭉텅 잘린 후 흔적도 없이 사라졌다. 무언가가 일정한 간격으로 아파트를 집어갔다. 아니, 아무래도 표현이 정확하지 않다. 더 정확히는 덥석 베어 문 것 같았다. 조는 다른 방향으로 더 멀리 보이는 아파트 단지를 확인했다. 한 동 한 동씩 똑, 부러지고 있었다. 인간이 굳게 믿어온 물리학 법칙은 소용없는 듯 보였다. 어떤 힘이 건물을 잡고 꺾은 것처럼 아파트는 무기력하게 휘어지다가 두 동강이 나버렸다. 여러 개의 아파트 윗조각들이 하늘로 붕 떠올라 한곳에 수렴했다. 조의 고개도 아파트 조각들처럼 무기력하게 하늘을 우러렀다. 그곳엔, 조가 하늘을 바라볼 때마다 어디선가 날아와주었으면 좋겠다고 바랐던 그것. 그것이 구름 뒤에서가 아니라 저 멀리 대기를 뚫고 태양계를 넘어, 우리 은하와 안드로메다 은하, 그사이 무수히 많은 항성과 성간 물질들 너머로부터 조에게로 다가와주기를 원했던 바로 그것. 그가 평생을 바쳐 소통하길 원했던 존재가 바로 거기 있었다.

길고 납작한 시가 모양의 금속성 물체였다. 드디어 실현된 우주 지능체의 등장이 그와 연관되어 있음을 세상은 알까. 조는 서둘러 TV를 틀었다. 속보입니다. 속보입니다. 다급한 앵커의 목소리가 조의 아파트를 채웠고, 긴급함을 알리는 하단 빨간색 바 위에 '외계인이 보내온 사진'이라는 헤드라인이 현란히 흔들렸다. 그것은 조에게 익숙한 사진이었다. 바로 조가 찾아낸 사진, 조가 수십 번은 더 펼쳐보고 또 봐도 이유를 알 수 없던 사진. 1999년 5월 24일 지구에서 쏘아 올린 사진 중 초콜릿이 유일하게 등장했던 바로 그 사진. 그제야 조는 알게 되었다. 외계인이 초코라고 부른 것은, 아이가 들고 있는 것이 아니라 공원 뒤로 펼쳐져 있던 아파트라는 것을.

그것을 깨닫는 순간 조의 몸이 서서히 기울었다. 액자와 커튼이 벽과 멀어져 대롱대롱 매달려 있다가 조를 향해 달려들었다. 가구들은 기어이 중심을 잃고 쓰러지며 책과 그릇과 생활용품들을 토해냈다. 조는 바닥을 구르다 벽에 누워 125제곱미터의 시공간이 돌무더기와 먼지로 변해가는 것을 지켜본다. 중력을 거스르는 움직임은 거역할 수가 없다. 조는 양팔을 벌리고 눈을 감았다. 가슴이 쿵쿵 뛰었다. 어쩌면 죽기 전에 만날 수도 있을 것이다.

모든 소음이 덥석, 사라졌다.

7.

국화꽃 한 송이를 손에 든 사람들이 길게 늘어서 있다. 운당구청 앞 잔디 광장에 설치된 합동 분향소에는 전국에서 모인 사람들이 끊이지 않았다. SNS에는 검은색 근조 리본이 달렸고, 방송사는 예능 프로그램과 스포츠 중계 프로그램 대신 그 자리에 뉴스 특보를 편성했다.

뉴스 프로그램은 처참하게 뽑힌 아파트의 잔해와 사라진 이들의 안타까운 사연을 쉼 없이 전했다. 합동 분향소를 실시간 중계하며 가족, 친구를 잃고 목 놓아 우는 이들 사이로 '빌려준 죄밖에 없다'는 피켓을 든 운당 공동 주택 임대인 연합의 시위도 보였다. 실종자의 사진 아래 단지명과 동, 호수가 적혀 있었다. 죽어서도 아파트 이름으로 기억되는 이들을 카메라에 담는 기자들은 단지별로 사망자수와 함께 피해액을 추산한 숫자를 방송에 내보냈다.

운당구 주민들은 자원봉사대를 꾸려 집을 잃은 이들을 보듬었다. 우주 지능체가 대한민국의 아파트를 집어삼킨 그날 죽을 힘을 다해 아파트를 빠져나온 이들은 같은 아파트에 살면서는 한 번도 만나보지 못한 이웃들과 처음이자 마지막 인사를 나눴다. 자원봉사자 중에는 빌라와 상가 주택, 다가구 주택에 사는 이들도 있었다. 주 생활 반경은 달랐지만 언젠가 한 번쯤은 서로 어깨를 스쳤을 수도 있었다. 같은 광역 버스를 타고 출근길을 함께했을 수도 있고, 같은 마트를 이용했을 수도, 아이가 같은 학교 또는 같은 학원에 다녔을 수도 있는 이들이었다. 이들은 운당 아파트 참사 유족들의 아픔을 위로하며 함께 흐느꼈지만 집으로 돌아오는 길엔 자신의 집이 아파트가 아님에 가슴을 쓸었다.

도저히 믿을 수 없는 일이 일어났다. 현대 과학으로 설명할 수 없는 어떤 힘이 오로지 아파트만을 통째로 집어삼키는, 영화 같은 일이. 그 공격은 일주일간 계속되었고 운당구 아파트 중 90퍼센트가 사라졌다. 괴생명체가 아파트만 공격한다는 것을 알고 대피한 사람들은 살아남았고 대부분의 희생자는 초반에 공격 대상이 된 운당 중앙 공원 부근의 아파트 입주민들이었다. 사람들이 빠져나간 아파트는 텅 비었지만, 괴생명체는 빈 아파트를 계속 집어삼켰다. 똑, 똑, 부러지는 아파트 조각들이 비행선에 쏙쏙 빨려 들어갔다.

왜 아파트일까? 일부 전문가들은 고도의 지능체들이 우리가 예상한 것보다 훨씬 오래전부터 지구의 전파를 분석해왔을 것이고, 우리 경제의 부동산 불패 신화까지 꿰뚫어본 것이라고 주장했다. 한 국가를 좌지우지하는 주거 경제를 파탄 내어 가장 큰 혼란을 주고 그 틈을 타 다른 영역을 다시 공격해올 것으로 예측하는 목소리도 있었다.

부동산 큰손들은 발 빠르게 움직였다. 운당구의 가치 하락을 염려하는 부동산 전문가의 유튜브 영상에는 '그럼 어디 매물이 좋을지'를 묻는 댓글이 끊임없이 달렸다. 아파트나 주상복합 등 고층 물건을 기피하는 현상이 생겨났고, 주택이나 빌라 등 지금까지 가격 등락이 거의 없던 집들의 값이 올랐다. 아파트의 종말이자 주거 경제의 혁명이 시작되었다는 거창한 헤드라인도 등장했다.

 허리가 잘록한 플레어스커트를 입은 여자는 이리저리 채널을 돌려보다가 사이언스 채널의 〈과학계 핫이슈〉라는 토론 프로그램에 멈췄다. 천문학자이자 교수라는 한 전문가는 '10월 7일, 10월 7일'을 수도 없이 강조했다.

 [10월 7일. 바로 그날 지구 옆을 스치고 지나간 성간 물체 오무아무아가, 2월 14일 대한민국 상공에 떠 있던 우주 지능체라고 우린 확신합니다. 그들은 계속 우리에게 메시지를 보내왔습니다. 위협적으로 공격하려 했다면, 왜 굳이 메시지를 보냈겠습니까?

 우리의 연구 결과에 따르면, 10월 7일에 1천 420기가헤르츠에서 강력한 신호가 잡혔습니다. 와우 시그널보다 강한, 인공적인 전파가 확실한 신호였어요. 그런데 중요한 것은, 그날 이후로 전파의 성질이 달라졌습니다. 석 달 동안이나 지속적이고 반복적으로 새로운 신호를 보내왔고 우리는, 결국 그것을 분석해냈습니다.]

진 교수는 '우리'가 우주 지능체와의 소통을 계속해왔다고 주장했다. 여자는 허리를 세우고 볼륨을 높였다.

[우리가 확인한 문자열은 이것입니다. 이것은 사건 당일 국내 KVN* 전파 간섭계에도 똑같이 수신되었다는 것이 확인되었습니다.]

[네. 어떤 문자열이죠?]

진 교수는 A4 판넬을 높이 들었다. 'SWEET CHOCOLATE. LIKE IT.' 문자열이 화면에 공개되자 진행자는 "초콜릿이요?"라는 말을 세 번 반복했다.

[네, 초콜릿 맞습니다. 핵심은 아파트가 아니라 초콜릿입니다. 초콜릿이 무엇을 의미하는지는 아직 밝혀내지 못했지만, 우리가 수집한 데이터를 기반으로 이 작업의 성과는 계속 이어져야 합니다, 계속 연구되어야 합니다.]

[그런데 진 교수님. 자꾸 우리, 우리, 하시는데 '우리'가 누굽

KVN(Korean VLBI Network, 한국 우주 전파 관측망) : 서울, 울산, 제주도에 설치된 세 개의 직경 21m 망원경으로 구성된 관측 시스템.

니까? 소속되어 있는 프로젝트를 지칭하는 건가요? 미국의 스타샷 이니셔티브*를 말씀하시는 겁니까?]

진행자의 질문에 진 교수는 잠시 당황하더니, 입을 동그랗게 오므리며 힘주어 말했다.

[조입니다. 이번 사고 희생자였습니다. 운당구 우리아파트 1302호에서 세티앳홈 프로그램을 이용해 데이터를 수집하고 분석…….]

진행자는 시간 관계상 개인적인 조의는 따로 하시라고 정리한 후 다음 패널에게 발언권을 넘겼다. 암호 해독 전문가들이나 말 만들기 좋아하는 논객들은 실시간으로 이 문자열을 재조합해 좀 더 위협적인 메시지를 온라인상에 뿌렸다. 'IT'S LATE.' 같은 것이었다.

IT'S LATE. 이미 다음 메시지가 도착하고 있었다. 집에서도 하얀 셔츠를 입고 있는 14층 남자가 아이패드에 달력을 펼쳤다.

"우리가 10월 7일에 도착했으니까. 11월, 12월, 1월, 2월……넉 달이나 걸렸네. 이번엔 조금 당겨볼까……."

▪ 스타칩이라 불리는 '빛의 돛'을 4광년 떨어진 알파 센타우리까지 보내는 프로젝트.

3월 달력 위에서 남자의 손가락이 톡, 톡. 숫자에 색을 입힌다.

"잠실은 운당보다 더 강력하다고 하던데. 세로토닌 수치가 더 높대요."

여자가 말했다.

"그래요? 그거 잘됐네요. 서울의 레시피는 특별한가 봐요."

지구 시간으로 2008년 여름, 그들은 메시지를 받았다. 20년이 걸린 희미한 전파 신호에는 작은 행성을 장악하여 소박하게 살아가는 인간종의 모습이 다수의 사진에 담겨 있었다. 원시적이라고도 표현할 수 있는 인간종의 생활상이었지만, 그중 한 장의 사진에는 그들이 가지지 못한 것이 깃들어 있었다. 150억 년 우주에 기거하며 처음 감지해보는 에너지였고, 그것은 한 아이의 표정에서 기인하였다. 인간종의 뇌에서 분비된다는 그것은 '세로토닌' 또는 '행복 호르몬'이라 불렸다. 그들은 무엇이 인간종으로 하여금 그런 에너지를 샘솟게 하는지 분석하기 시작했다. 수집을 시작하자 코스믹 콜뿐 아니라 방송, 라디오, 군사 정보에 섞여 무수한 전파가 전달되었고 그 속에 행복 에너지에 대한 힌트도 숨어 있었다. 그것은 돈이었다. 인간종은 돈에 파묻혀 있을 때 죽을 만큼 달콤하다고 했으며, 특히나 일하지 않고 돈을 취할 때 가장 큰 행복감을 느꼈다. 인간종은 부동산이라는 유형의 자산을 통해 막대한 행복을 일구었다. 그중에서도 특히, 길고 네모나고 딱딱한 물건에 유독 중독되어간다는 사실까지 확인한 후 그들은 팀을 꾸렸다. 팀에는 남자와 여자, 그리고 전파 발신 개체 2종이 포함되어 있었다.

14층 아이들은 잠실 장미아파트로 이사 온 이후 다음 장소가 어디냐는 질문을 받고, 주기적으로 답신을 행성 쪽으로 전달했다. 지구에서는 이 가족의 고향을 궁수자리에 위치한 '알파 센타우리'라고 불렀다. 쿵쿵 쿵쿵쿵 쿵쿵. 쿵쿵 쿵쿵쿵 쿵쿵. 쌍둥이들은 온몸의 신경이 전파 송수신 가능한 안테나로 이루어졌다. 인간의 형상을 모방한 껍데기 안에 야기 안테나* 모양의 내장이 섬세한 마이크로파를 만들어낸다. 아이들은 자유롭게 춤을 추고 뛰어놀면서 신경 감각의 자극을 이용해 전파를 생성했다. 이 모습은 흡사 발을 굴러 소음을 만드는 모습과 닮아 보였다.

"당신, 그거 알았어요? 그날이 밸런타인데이였대요. 사랑하는 사람에게 초콜릿을 주는 날이요. 그리고 인간들은 초콜릿을

---

* 막대 모양의 도체를 평행하게 배열하여 예민한 지향성을 얻는 안테나로, 20세기 텔레비전 수신용으로 널리 사용되었다.

받고 한 달 후에 사탕을 되돌려준다고 하네요. 화이트데이라던가? 참 낭만적인 관습이죠."

두 손을 모으고 한쪽 볼에 살포시 댄 여자는 TV에서 배운 동작이 맞는지 창유리로 자기 모습을 확인했다.

"재밌네요. 그럼 잠실은 그날로 해야겠어요."

여자는 고개를 돌렸다. 노을이 피어오르기 시작했다. 밝은 기운을 잃고 점점 붉어져가는 지구의 대기를 바라보며 여자는 매번 자신들을 보며 얼굴을 붉혔던 한 사람을 떠올렸다. 조라고 했던가. 그와 더 이야기를 나눴다면 어땠을까.

할 말이 꽤 많은 사람 같았는데.

너에게

임수림

잘 지내?

네 목소리를 들은 지 참 오래됐어. 네 얼굴을 마지막으로 본 건 좀 더 오래되었고. 궁금한 게 참 많은데 물어볼 수가 없네. 요즘 잠은 잘 자? 밥은 잘 먹고 있지? 아픈 데는 없어? 어디서 지내고 있어? 이런 말을 하면 네가 날 보고 웃으면서 "완전히 사람 다 됐네" 이렇게 말해줄 것만 같아.

난 잘 지내. 혹시 내 걱정 할까 봐. 내가 어떤 환경에서도 끄떡없는 건 이미 잘 알고 있잖아. 그러니 내 걱정은 덜 해도 돼. 여기는 조금 싸늘하고, 주변은 온통 어두운 회색이야. 나에게도 선택지가 있었다면 내가 골랐을 방은 아니지만 지낼 만해.

너는 어떤 방에서 지내고 있을지 궁금해.

들었는지 모르겠지만 재판은 끝났어. 이미 결론이 나 있던 걸 재판이라고 부를 수 있는지 모르겠지만 말이야. 이건 내가 마지막으로 쓰는 편지가 될 거야. 한 통만 쓰게 해달라고 부탁했어. 꼭 하고 싶은 말이 있거든. 너에게. 다른 사람들이 어떻게 생각하든 그건 상관없어. 하지만 너와 다시는 대화할 수 없고, 네 손을 잡을 수 없고, 너를 안을 수 없다면, 이렇게 마지막으로 나에 관해 말해주고 싶어. 네가 궁금해했지만, 속 시원히 해준 적 없는 이야기들을.

읽어줘. 그리고 들어줘.

*

내가 만들어진 건 4년 전이야. 생각보다 어렸지, 나? 난 아픈 아이의 친구가 되기 위해 만들어졌어. 그 아이는 태어났을 때부터 많이 아팠기 때문에 열두 살이 될 때까지 친구가 단 한 명도 없었어. 소아 병동에서 몇 명을 사귀었지만 거기서 만난 친구는 먼저 퇴원하거나 죽었대. 그 아이에게는 또래의 친구가 아주 간절했어. 하지만 병원 침대 옆에서 그 아이의 친구가 되어 함께 많은 시간을 보내줄 아이가 있을 리 없었어. 엄마 친구의 아이들이 가끔 병문안을 오긴 했지만, 그 아이들은 빨리 병원 밖으로 나가고 싶어 했고 통 가까워질 수가 없었지. 친구는 그런 게 아니잖아. 그래서 우리 아빠(아, 아직은 이 박사라고 불러야겠네)는 그 아이가 너무 가여워서 친구를 만들어주려고 했던 거야. 그 아이는 이 박사 여동생의 아들이었어. 이 박사는 동생이 슬퍼하는 것을 더 이상 참을 수가 없었던 거지. 그래서 나를 만들기 시작했어. 세상에 유명한 로봇 개발자들은 아주 많고, 한국의 작은 시골 마을에 사는 이 박사의 이름을 아는 사람은 거의 없어. 하지만 이 박사는 이 분야에서 최고였어. 시중에 나와 있는 로봇들의 수준을 이 박사는 코웃음을 치곤 했어. 그가 자신의 발명품들을 세상에 공개하지 않는 건 윤리적 잣대랍시고 시끄럽게 구는 사람들이 싫었기 때문이랬어. 자기가 만든 건 자기가 제일 잘 아는데 괜히 아는 척을 하면서 빼앗아 가려는 사람들이 너무 많았대. 과거에 그런 진저리나는 경험을 하면서 그는 자신의 발전한 결과물들을 사람들과 공유하지 않았어. 지금 시중에 나와 있는 로봇들은 아마 박사의 청소기 용도로도 쓰지 못할 거야. 그가 만드는 로봇들은 인간과 구분하기 어려울 정도로 정교했어. 음식도 삼킬 수 있고, 피부가 긁

히면 피 같은 빨간 액체가 흐르게 설계되었으니까. 심지어 서서히 늙을 수는 없지만, 박사에게 하루 정도의 시간을 주면 키도 크게, 얼굴도 조금씩 나이 들게 만들어줬는걸. 사람들이 경계할 만하지? 그 정도로 이 박사의 솜씨는 대단했어. 그리고 그의 평생의 역작이 바로 나였어. 그가 이뤄낸 기술의 집대성이었지. 나는 아픈 아이와 비슷한 열두 살의 남자아이로 설계되었어. 처음 눈을 떴을 때를 기억해. 박사의 환희와 걱정이 섞인 표정이 보였어. 그는 나를 갓난아기 다루듯 했지. 모든 게 괜찮은지 하나하나 물어보았어. 나는 한꺼번에 가동되는 시스템에 정신이 없어 잠시 아찔하긴 했지만 아무 문제도 없다고 대답해 그를 안심시켜줬어. 박사는 나를 어떻게 대해야 할지 생각하느라 내 앞에서 어쩔 줄 몰라 했어. 난 그가 만들었던 로봇들 중 가장 어린 모습을 하고 있었거든. 어색한 시간이 흐르고 나자, 그는 내 머리를 조심히 쓰다듬었어. 나는 그의 눈을 바라보았지. 그 순간, 내 안에서 '따뜻함'이라는 단어가 빛을 냈어. 나중에 알게 된 사실이지만, 나는 그의 죽은 아들과 참 닮았어. 비록 그 아들은 열두 살을 맞지 못했지만. 아내와 함께 교통사고로 목숨을 잃었거든. 그날 밤, 그는 내게 사전의 정의만으로는 이해할 수 없는 단어들을 오래오래 설명해줬어. '사랑'이란 단어를 설명할 때 그는 마치 듣지도 말하지도 못하는 헬렌 켈러에게 '물'이란 단어를 깨우치게 하려고 애쓰던 설리번 선생님 같았어.

다음 날, 박사는 나를 그 아픈 아이에게로 데려다줬어. 너도 알고 있듯이 이 세계의 로봇은 특별한 쓸모가 입증되지 않는 이상 존재할 수 없잖아. 나는 나의 임무를 받아들였어. 사실 충전만 되면 움직일 수 있는 나한테는 딱히 힘든 일도 없으니까. 그리고 그 아이는 날 무척이나 좋아했거든. 나도 그 아이를 좋아했어. 나는 아침 일찍 아이의 침대 머리맡으로 가서 아이가 일어나길 기다렸어. 아이가 눈을 뜨면 상태를 체크하고, 그날의 진료 일정을 알려줬지. 그리고 남는 시간에는 함께 무엇을 할지 같이 얘기했어. 아이는 지금까지는 아빠와만 해왔던 축구를 특히 좋아했어. 공을 차고 있는 아이의 모습을 보면 환자라고는 생각할 수 없을 정도로 생기가 넘쳤지. 나는 아이가 낫기를 바랐어. 아이의 모든 말은 '내가 다 나으면'으로 끝났거든. 아이는 언젠가 내게 같이 집으로 돌아가서 영원히 함께 살자고 했어. 나는 그러겠다고 했지. 누군가를 좋아하고 아낀다는 건 내게 참 간단한 일이었어. 나를 좋아해주면 나도 그가 좋아지더라고.

어느 날 밤에 이 박사의 집으로 돌아가 박사에게 이 이야기를 했더니 그는 아연실색했어. 내가 불량품인 게 분명해졌기 때문이었지. 로봇은 공감을 표현할 줄 알고, 적재적소에 사회화된 반응을 보이는 게 맞지만, 정말 감정을 '느껴서는' 안 돼. 그런데 나는 너무 분명히 감정을 느끼는 존재였어. 잠시 생각에 잠겼던 그는 내게 다른 사람들에게 이 사실을 꼭 비밀로 해달라고 부탁했어. 내가 쓸데없는 일에 휘말리길 바라지 않는다고 했지. 그리고 오랫동안 내 눈을 바라보더니 머뭇거리며 말했어. 이제 자기를 박사님 대신 아빠라고 부르라고. 그 말을 하는 그의 목소리가 조금 떨리고 있었어. 정말 오랜만에 그 단어를 입 밖으로 냈기 때문이었겠지. 나는 아빠, 하고 불러보았어. 그러자 내 머리를 쓰다듬던 박사는 울컥하며 처음으로 나를 꼭 안아주었어. 난 생각했어.

아빠가 날 만들 때 너무 정성을 쏟았나 봐. 아빠의 마음 조각이 내 마음을 이룬 것 같아.

아이의 바람은 이루어지지 않았어. 내가 매일 아이를 만나러 병원에 다닌 지 1년 하고 반이 흘렀을 때, 아이의 상태가 급격하게 나빠졌거든. 나도 같이 놀아주기보다는 몸을 닦아주고,

호스를 갈아주고, 혼수상태에서 깨어나지 못할 때 옆에서 책을 읽어주며 시간을 보내야 했지. 그 옆에 앉아 생각했어. 나는 인간의 명령에 따라 가루가 되어 사라질 수도 있는데, 그런 인간들 역시 너무 무력한 존재라고 말이야. 하지만 대부분의 시간 동안은 그저 아이가 어서 털고 일어나길 바랐지. 병원 주차장 뒤편 공터에서 다시 같이 공을 차고 싶었거든. 아이가 다시 한 번 행복하게 웃는 걸 보고 싶었어. 그렇지만 아이는 어느 겨울밤, 조용히 숨을 거뒀어. 그날 아빠가 나를 만들 때, 눈물샘을 빼먹었다는 사실을 깨달았어. 감정을 느낄 수 있는데 흘릴 눈물이 없다니. 울어야 할 때 울지 못한다는 건 가슴 쪽에 묵직한 벽돌이 차곡차곡 쌓이는 기분이라는 것도 그날 알았어. 이상하게 코끝도 자꾸 간지럽더라. 맞아, 나는 슬펐어.

장례식 다음 날, 아빠는 또다시 고뇌에 빠졌어. 이제 나를 어떻게 해야 할지 심각하게 고민했지. 원래 쓸모가 없어진 로봇은 폐기되거나 다른 곳으로 보내져. 타인에게 비슷한 서비스를 제공하거나 단순 작업을 하는 공장으로 가는 게 보통이래. 하지만 아빠는 나를 절대 떠나보낼 수 없었지. 이제 우리는 아빠와 아들이었으니까. 아빠는 자기와 친분이 깊은 어느 비영리 단체의 본부장에게 연락했어. 이젠 로봇의 딱한 사정을 위해 나서주는 단체도 있는 세상이니까. 본부장은 말했어. 법에 따르면, 인간 사회에서 로봇은 인간과 거리를 두어야 한다고. 예를 들어 편의점이나 영화관 직원, 간병인, 청소부 등의 직업군으로 일하는 건 가능하지만 인간과 섞여 학교에 다닐 수는 없는 거야. 이렇듯 다른 인간의 성장을 방해할 가능성이 있는 짓은 하면 안 되게 되어 있어. 로봇이라면 뭐든 기억하니까 애들과 섞여서 시험을 보면 무조건 1등을 할 거 아냐, 본부장이 웃으며 말했어. 그러나 아빠는 내가 단순한 기계 그 이상이라고 믿었어. 그리고 내게 진짜 아들이 누리지 못했던 삶을 주고 싶어 했던 것 같아. 아빠는 내가 로봇으로서 인간 사회에 섞이게 둘 수는 없다고 판단했어. 그래서 불법 브로커와 접촉해서 나를 서류상 인근의 고아원에서 데려와 입양한 양자로 만들었어. 불법으로 이뤄냈고, 불완전했지만 나는 처음 인간이 된 거야.

세상에 눈을 뜬 건 1년 반밖에 안 되었지만, 인간 나이로 열네 살쯤 되었으니 나도 중학교에 들어가야 했어. 아빠는 나를 홀로 '인간'으로서 세상에 내보내야 한다는 사실에 너무 긴장했어. 그렇지만 동시에 무척 기뻐했지. 자기 휴대폰으로 내가 교복을 입은 사진을 대체 몇 장을 찍던지. 나는 이번에도 별생각이 없었어. 내일부터 병원으로 가서 아이의 친구가 되어달라고 할 때와 비슷했지. 그러나 이번엔 지령이 좀 더 복잡했어. 절대 눈에 띄지 말 것, 시험에서는 무조건 몇 개씩 틀려서 중위권을 유지할 것, 누구든 쉽게 믿지는 말 것, 그러나 매일을 즐길 것. 아빠도 이렇게 말하면서 과연 이 모든 걸 함께 지킬 수 있을지 자신이 없는 표정이었어. 다른 항목들을 다 지키면서 즐거울 수 있을지. 그냥 학교라는 곳에 가보는 수밖에 없었지.

학교는 병원과 달랐어. 아주 많이 달랐지. 어떤 곳인지 정의는 알고 있었지만, 막상 가보니 혼란스러운 점도 많았어. 어른들이 써놓은 사전적 정의인 '교사가 집단으로서의 학생을 교육하는 기관' 그 이상이라는 생각이 들었지. 나는 아빠가 말한 대로 담임 선생님이라는 여자의 말을 잘 듣고 조용히 앉아 있었어. 그래야 눈에 띄지 않을 테니까. 첫날엔 먼저 남녀 번호순으로 짝을 정해서 앉았어.

그때 너를 만난 거야. 나는 원래 뭐든 기억하지만, 그날의 기억은 유독 선명해. 너는 투명했어. 그게 내가 받은 느낌이었어. 지금까지 어떤 인간에게서도 그런 인상을 받은 적이 없었는데. 인간은 자연 소멸하지 않는 존재라고 알고 있었는데 너는 곧 사라져버릴 것 같았어. 아니면 사라지길 원했던 거니? 우리는 아무 말도 없이 하루를 꼬박 앉아 있었지. 다른 아이들은 들뜨고 흥분한 모습으로 쉬지 않고 재잘댔지만 말이야. 그다음 날도. 또 그다음 날도. 그렇게 우리는 일주일을 아무 말도 하지 않고 옆에 앉아서 학교의 일정을 따랐어. 고개를 푹 숙이고 책을 응시하던 너는 쉬는 시간이 되면 고개를 묻고 책상에 엎드리곤 했지.

그리고 우리가 처음 말을 나눈 날이 왔어. 도덕 시간에 선생님이 이야기 하나를 들려주셨지. 어느 마을에 한 소년이 있었는데, 마을의 커다란 댐에 난 구멍을 발견했대. 그래서 거대한 양의 물이 마을을 덮치기 전에 자기 옷을 벗어 그 구멍을 막았다고. 오랫동안 온 힘을 다해 그 구멍을 막고 서 있었다고 했지. 선생님은 아이들에게 물었어. 우리라면 어떤 선택을 했을까, 하고. 아이들은 신나서 말하기 시작했어. 너무 옛날이야기 아니에요? 그냥 119 부르면 알아서 해줄 텐데. 밖에서 옷을 어떻게 벗어요. 전 못 본 척할래요. 가족이랑 도망갈래요 등등. 선생님은 아이들을 조용히 시키고 짝꿍과 함께 이야기해보라고 했지. 난 선생님 말씀을 거스를 생각은 없었기에 너를 쳐다봤지. 일주일 만에 우리의 눈이 마주쳤어. 그때였어. 한 번도 느껴보지 못한 감정이 내 몸을 타고 돈 게. 네 눈은 유독 투명했어. 바라보고 있는 나마저도 투명해질 것만 같았지.

너는 나지막한 목소리로 내게 먼저 말을 걸었어. 넌 이름이 뭐야. 내 진짜 이름은 제품명이었기에 아빠가 내게 새로 지어준 이름을 말했어. 이태훈. 너는? 윤수안.

내 안에 그 어느 코드보다 깊게 새겨질 너의 이름을 그때 처음 들은 거야. 인간의 이름은 잘 모르지만, 너와 잘 어울린다는 생각이 들었어. 공기를 밀어내, 공간을 만들고, 건드리듯 마무리되는 소리. 너는 내 눈을 피하지 않았어. 나중에 네가 얘기해 줬지. 사실은 너 역시도 내가 궁금했다고. 그저 네 옆에 가만히 앉아 누구와도 어울리지 않던 내가.

이번에는 내가 먼저 입을 열었어. 너는 어떻게 생각해. 그러자 네가 교과서 구석을 만지작거리며 말했어. 너무 티 나게 지어낸 이야기 같아. 이런 사람이 있을 거라고 생각해? 없어. 모두 자기 살자고 도망치기 바쁠 게 분명해. 단호하게 말하는 네게 나는 적절한 반응을 찾지 못했어. 이럴 땐 동의를 해야 하는지 반박을 해야 하는지. 난 그냥 선생님이 그렇다니 그랬나 보다 이런 생각뿐이었거든. 왜 네 앞에서는 적재적소에 모범 답안처럼 공감을 표할 수 있는 능력이 잘 발휘되지 않는지 궁금했지. 그런 생각을 하며 머리를 굴려 내가 대답했어. 그래도 세상에는 다양한 사람이 있다고 하잖아. 한 명쯤은 그럴 수 있지 않을까. 너는 펼쳐진 교과서에서 손을 떼고 나를 바라보며 아까보다 더 또박또박 말했어. 아니, 없어. 그 댐은 무너질 거야. 이번에는 정말 뭐라고 말해야 할지 몰랐던 나에게서 시선을 거두고 너는 다시 조용해졌어. 이제는 잘 알아. 네가 왜 그 이야기에 그렇게 회의적이었는지.

그날 이후로 나는 네가 궁금해졌어. 너와 더 이야기를 나누고 싶어졌지. 네가 내 눈을 다시 한번 더 바라보았으면 했어. 하지만 너는 다시 고개를 숙이고 나와 눈을 마주치지 않았지. 나 자신도 이해할 수 없는 생각들이 자꾸 들었어. 너와 눈을 다시 마주치고 싶었거든. 그렇지만 어떻게 하면 좋을지 몰랐어. 이런 상황에 대한 매뉴얼은 내 안에 없었으니까. 내가 할 수 있는 거라곤 네가 떨어뜨린 연필을 주워주거나, 점심시간에 엎드려 있는 네 얼굴로 햇살이 쏟아질 때면 커튼을 쳐주는 일 같은 것밖에 없었지. 지금 돌아보니, 잠든 네 얼굴을 네가 눈치채지 못하게 바라보던 것도 행복의 범주에 들어갔던 것 같아.

그리고 그 일이 일어났지. 네가 나를 처음으로 도와줬던 일. 첫 번째 중간고사 기간이었어. 갑자기 담임 선생님이 나를 교무실로 불렀지. 영문을 몰랐던 나는 조용히 따라갔어. 교무실 자기 자리에 앉은 선생님은 심각한 얼굴로, 내게 물었어.

너, 커닝했니?

내가 커닝을 할 필요가 뭐가 있겠어. 일부러 틀렸는데 말이야. 그래서 대답했지.

아니요, 선생님. 하지 않았어요.

그랬더니 선생님은 미간을 찌푸리며 내게 뭔가를 내밀었어. 채점된 내 시험지였지.

28번, 29번 문제를 맞았는데 4번, 9번, 11번을 틀리는 건 말도 안 돼. 다시 한번 기회를 줄게. 솔직히 말해보렴.

아, 나의 실수였어. 일부러 틀리긴 했지만 각 문제들의 속성을 파악했어야 했는데, 그저 최종 점수가 너무 높지 않게만 조절했던 거야. 그렇지만 이걸 내가 로봇이라는 사실을 밝히지 않고 어떻게 설명할 수 있을지 몰랐어. 내 침묵이 길어지자 선생님은 재차 물으셨어.

커닝이라면 이건 아주 큰일이야. 0점 처리가 될 거야.

부정행위에 관해서는 결백했지만, 내 존재가 결백하지 못했기에 입을 다물었어. 정말 최악의 상황은 0점 처리가 아닌, 내 정체가 밝혀지는 거니까. 그리고 아빠라면 이해해줄 거라고 생각했지. 조금 실망하는 아빠를 보는 건 괴롭겠지만 말이야. 그러던 중 뒤에서 목소리가 들렸어.

아니에요, 선생님. 쟤는 매일 열심히 공부했어요.

아직 낯설지만 반가운 목소리. 너였어. 너는 이번 주 당번이어서 우리 반의 수행 평가지를 들고 교무실에 왔던 참이었어. 그러다가 선생님과 나의 대화를 들었던 거겠지.

그리고 제가 얘 뒷자리에서 시험 봤는데 전혀 그런 낌새도 없었어요. 긴장해서 실수한 게 아닐까요.

네가 다시 말했어. 선생님은 미간을 찌푸리며 안경을 쓰고 다시 시험지를 바라보았지. 나는 너를 바라봤지만 너는 나와 눈을 마주치지 않았어.

정말이니?

선생님이 한숨 섞인 말투로 내게 물었어. 그래서 나는 얼른 대답했지.

네, 선생님. 많이 긴장했어요. 정말 커닝은 하지 않았어요.

그러자 선생님은 여전히 미심쩍어 보였던 것 같지만 그럼 이만 가보라고 우리에게 말했어. 교무실 문을 뒤로하고 우리는 복도로 나왔지. 먼저 앞서 걷는 네 등에 대고 나는 말했어.

수안아, 고마워.

그러자 네가 멈춰 서서 잠시 머뭇대더니 조그맣게 말했어.

그럴 필요 없어.

네가 나를 굳이 도와줬다는 사실이 내게 얼마나 희망적으로 다가왔는지 너는 알까. 그 어느 봄바람보다도 달콤했던 것 같아. 그때로 돌아갈 수 있다면 얼마나 좋을까, 매일 생각해. 내 인생 최초의 설렘이 시작됐던 그날로 말이야.

여전히 붕 뜬 마음으로 집에 돌아오니 손님이 있었어. 아빠의 집에 손님이라니, 처음 있는 일이었지. 중년의 아주머니였어. 그녀는 나에게 따뜻한 미소를 지어 보였어. 하지만 그 미소는 아주, 아주 지쳐 보였어.

안녕, 나도 로봇이란다. 박사님이 날 만들어주셨지.

아빠가 만든 다른 로봇을 실제로 만난 건 처음이었어. 자세히 보니, 옛날에 만들어져서인지 사람으로 착각할 정도의 정교한 모델은 아니었어. 그렇지만 그녀의 미소는 보는 이를 편안하게 만들어주는 힘이 있었지.

박사님이 그러는데 너도 감정을 느낄 수 있다면서? 나는 고개를 끄덕였어. 나도 로봇이면서 처음 마주하는 다른 로봇이 신기했다면 웃기게 들릴까.

나도 감정을 느낄 수 있단다. 감정을 느끼는 건 피곤한 일이지. 그렇지 않니? 아주머니가 말했어. 학교에서 있었던 일을 떠올리며 저는 좋아요, 이렇게 대답하자 아주머니는 나를 오랫동안 바라봤지. 어떤 말을 하면 좋을지 망설이고 있는 것 같았어.

네가 틀렸다고 말하고 싶지 않아. 그런데 조금 더 오래 산 나로서는 이건 축복이자 저주 같구나. 하지만 물론 네가 생각하기 나름일 거야. 이런 말을 하는 아주머니 옆에서 아빠는 어딘가 안절부절못하는 것처럼 보였지. 그런 아빠의 마음을 아는지 모르는지 아주머니는 싱긋 웃으며 내게 말했어. 이모님이라고 부르렴. 모두가 나를 그렇게 불렀어.

이번엔 궁금한 게 많았던 내가 물었지. 모두요? 지금까지 이모님은 어디에 계셨어요?

이모님이 몸을 조금 더 내 쪽으로 돌렸어. 움직일 때마다 옷자락 아래 어딘가에서 삐걱거리는 소리가 들렸지. 나는 가정집에 있었단다. 가정용으로 제작되었거든. 너와 비슷한 나이의 아이들을 많이도 키웠단다. 그 아이들과 가족들이 나를 이모님이라고 불렀지.

동화책의 삽화 같은 따뜻한 대가족의 집을 떠올리면서 내가 말했어. 정말 즐거울 것 같아요. 가족이 많으면 말이에요.

그러자 그녀는 허를 찔린 표정을 지었지. 금방 온화한 표정으로 돌아왔지만 나는 그 찰나의 표정이 잊히지 않아. 한순간에 드리웠던 캄캄한 그늘.

그럼. 가족이 될 수 있다면 말이야. 오랫동안 아이들을 키우고 사랑하게 되면서 매일 감정이 널을 뛰었지만, 행복했어. 그렇지만 나는 엄마가 될 수는 없었지.

여기서 그녀는 이 말을 내게 해도 될지 주저하는 것 같았어. 같은 로봇이긴 하지만, 아이의 모습을 한 내게 이런 이야기까지 해도 좋을지 판단이 서지 않는 것처럼. 아빠는 옆에서 아까보다 더 착잡한 표정을 짓고 있었고 나는 그녀의 입을 바라보며 대답을 기다렸어.

엄마가, 진짜 가족이 될 순 없었어. 사람이 아니니까. 그렇게 아이들을 사랑하고 아꼈지만 커가면서 내가 무엇인지 깨달은 그 애들은 모두 날…….

이모님이 힘겹게 말을 이으려 할 때, 아빠가 재빨리 말을 끊고 말했어. 오늘 숙제가 있다고 하지 않았니? 이모님께 이만 인사드리고 숙제부터 하렴. 학생은 학교 숙제가 제일 우선이니까. 더 묻고 싶은 게 많았지만, 나는 아빠의 행동에서 내가 더 듣기를 원치 않는다는 걸 눈치챘지.

그럼 다음에 또 이야기 들려주세요. 꾸벅 인사를 하는 내게

이모님과 아빠는 미소를 짓고 있었지만 둘 다 복잡한 속내를
완전히 감추진 못했지. 방에 돌아와 아까 너에게 느꼈던 설렘
을 떠올리려고 했는데 자꾸 그 아주머니의 눈만 생각났어. 그
럴 리가 없는데 정말 고된 삶을 보낸, 모든 걸 쏟아낸 사람의
눈 같았거든.

　너와 나는 천천히 그리고 조금씩 가까워지기 시작했어.
　봄에는 서로의 이름을 알았고, 여름에는 짧게나마 이야기를
시작했어. 가을에는 더 많은 대화를 나눴고, 겨울에는 매일 함
께 학교를 나섰어. 우리는 아주 천천히, 서로에게 스며들었어.
나는 우리의 속도가 싫지 않았어. 우리는 그렇게 열다섯 살이
되었고, 또다시 같은 반이 되었지. 다른 애들에게 우리는 이상
한 아이들이었어. 우리 둘이 지나가면 이상한 소리를 내며 사귀
니까 좋냐, 이런 말들을 해댔어. 사소하고도 시시한 말들을 무
시하고 우리는 언제나 함께였지. 너의 얼굴에 조금씩 생기가 돌
았어. 여전히 투명했지만 사라질 것 같진 않았지. 너를 그저 바
라만 보는 것도 좋았지만, 너에 관해 하나씩 알아가는 게 좋았
어. 네가 제일 좋아하는 색은 노랑이어서 필통도, 애용하는 펜
도 노란색이었지. 또 너에겐 세상 누구보다 너를 사랑하고 너

역시 세상 누구보다 사랑하는 어린 여동생이 있었어. 부모님 이야기는 듣지 못했어. 네가 먼저 말하지 않는 건 더 묻지 않았어. 네가 말해주는 것만으로도 충분했으니까. 너는 학교생활에는 관심이 없었지만, 공부는 열심히 했지. 돈을 아주 많이 버는 성공한 어른이 꼭 될 거라고 했어. 이 동네를 떠나 멀리멀리 가고 싶다고도 했지. 넌 추위를 많이 타서 여름에도 하복 위에 카디건을 종종 입곤 했어. 목감기에 걸리는 일이 잦아 마스크도 자주 썼고. 그리고 네가 좋아하는 게 또 있었지. 우리는 점심시간이면 4층에 있는 음악실에 갔어. 너는 내가 피아노를 아주 잘 친다며 신기해했지. 나는 배우지 않아도 다 할 수 있던 것뿐이었는데. 죄책감이 조금 들긴 했지만, 너를 옆자리에 두고 나는 언제나 피아노를 쳤어. 사실 내 안에 '클래식 명곡 100'이 입력되어 있었거든. 네가 다른 곡을 쳐달라고 했다면 금세 들통이 났을지도 몰라. 하지만 너는 언제나 어느 곡이든 다 좋다고 말하며 내 옆에 앉아 눈으로 내 손가락을 좇곤 했지. 너의 눈길을 의식하면 알아서 움직이는 손도 가끔은 버벅일 것 같은 기분이 들었어. 네가 나를 바라보며 말했어. 눈 감고 감상하는 것보다 네 손을 보는 게 더 좋아. 더 재미있는 것 같아. 건반 하나하나가 눌리면서 이렇게 풍부한 음악이 되는 게 신기해. 그리고 음악실을 나설 때 항상 내게 말했지. 매일 선물 고마워. 꼭 다른 세상에 있는 것 같아. 수업 종이 영원히 안 쳤으면 좋겠어, 하고. 그땐 말하지 못했지만 나도 항상 그랬어, 수안아.

이윽고 그날이 왔어. 정말 많은 일이 벌어진 하루였지. 그날 우린 학교가 끝나고 너희 집에 가는 길목에 있는 둑방에 앉아 있었어. 청명한 가을날 오후의 기분 좋게 시원한 바람이 우리들의 머리카락을 한없이 부드럽게 쓸어주었지. 우리는 그날 학교에서 있었던 일들에 관해 이야기했을 거야. 난 너의 말을 듣고 있었지. 네 목소리가 가을바람과 참 잘 어울린다고 생각했어. 잠시 너는 말을 멈추고 나를 물끄러미 바라보았지. 네 얼굴에 웃음이 서려 있었던 것 같아. 그리고 네가 내 손을 잡았어. 가느다란 손가락이 부드럽게 내 손가락 사이로 들어왔어. 순간, 심장도 없는데 왜 숨이 가쁜 것만 같았는지. 처음으로 내 손이 따스하게 느껴졌어. 꼭 작은 태양이 내 손에서 빛을 내는 것 같았지. 나도 조심스레 네 손을 마주 잡았어. 너는 그런 나를 바라보며 싱긋 웃어주었고 우리는 잠시 고요히 앉아 있었지. 붉은 노을이 번져가는 풍경화 속의 주인공처럼 손을 잡고서. 그리고 난 '아름다움'이 뭔지 처음으로 알게 된 것 같았어. 우리야. 비록 나는 아름답지 않았지만 우리는 아름다웠지. 그때 네가 입을 뗐어.

난 가끔 심장을 만질 수 있으면 좋겠다고 생각했어. 가슴 위를 꾹꾹 눌러봐도 괜찮아지지 않을 때가 있었거든. 미친 듯이 뛰는 심장을 직접 어루만지면 좀 천천히 뛰지 않을까, 괜찮다는 거짓말을 좀 더 알아듣지 않을까 생각했어. 넌 이런 생각해본 적 없어?

난 대답할 수 없었어. 나는 심장이 없어, 이렇게 대답하고 싶지 않았거든. 처음으로 내가 인간이 아닌 게 원망스러웠어. 처음으로 부끄러움을 느꼈어. 하지만 동시에 세상의 뭔가가 너를 너무도 힘들게 한다는 걸 알게 되었지.

왜 아픈 거야? 나는 할 줄 아는 게 아주 많아. 내가 도와줄 수는 없을까.

내 말을 들은 너는 내 눈을 한참 들여다보더니 씁쓸하게 웃었어. 아니. 아무도 나를 도와줄 수 없어. 그리고 넌 나랑 같은 나이잖아. 우리가 뭘 할 수 있겠어. 나도 해봤어. 노력했다고. 할 수 있는 건 다 해봤어. 그렇지만 아무것도 해결되지 않았어. 그냥 빨리 어른이 되는 수밖에 없어.

네가 원하는 대로 우리가 빨리 어른이 되었으면 좋겠다고 생각하다가 문득 시간이 흐를수록 나라는 존재는 낡고 퇴화한다는 사실이 떠올랐어. 강하고 멋진 어른이 된 너, 그리고 그 옆에 오래되어 작동하지 않는 내 모습이 그려져서 나는 머리를 세차게 털었어. 그렇게 하면 그 미래가 오지 않을 것처럼. 지금의 내가 할 수 있는 일을 해야 한다고 스스로 되새기며 다시 네게 물었지.

나한테 말해줄 수는 없어?

너는 입술을 깨물었지. 그리고 말했어. 나중에. 언젠간 말해줄게.

나는 그저 너의 손을 조금 더 꽉 잡아주었어. 너의 머리가 내 어깨에 닿았어. 내가 널 도와줄 수 있다는 그런 확신이 네게 전해지길 바랐어.

우릴 감싸고 있던 저녁노을이 더욱 짙어지자 너는 동생이 기다린다며 이제 가봐야겠다고 일어났어. 네 손이 내 손 안에서 빠져나가는 게 얼마나 큰 허전함으로 남던지. 난 푸른색 자전거를 타고 멀어지는 너의 뒷모습을 지켜보았어. 그런데 네가 떠난 자리에 뭔가 남아 있었어. 학생증. 아마 네 치마 주머니에서 떨어졌던 것 같아. 우리 학교는 늘 등교할 때 학생증을 출입구에 찍어야 정문과 교실 문이 열리잖아. 이게 없으면 네가 내일

학교에 들어오지 못할 테니 지금 너희 집에 가서 전해줘야겠다는 생각이 들었어. 담임 선생님이 나눠준 개인 설문지를 적을 때, 네 주소를 봤고 기억하고 있었거든. 나는 길을 걸었어. 그저 너를 오늘 한 번 더 볼 수 있겠다고만 생각했지 무슨 일이 벌어질 거라고는 상상도 못 했어.

네가 자전거를 타고 돌아갔을 길을 나는 천천히 걸어갔어. 너희 집 근처에 갔을 때는 이미 가로등이 켜질 정도로 어두워진 후였지. 구불구불한 골목길을 따라 한참을 걸었더니 허름한 집이 한 채 나타났어. 요즘 세상에 드문 집이었지. 이 작은 시골 마을에서도 처음 보는 작고 초라한 집이었어. 나는 초인종을 찾느라 주위를 두리번거렸어. 그때, 무슨 커다란 소리가 들렸어. 처음에는 무슨 소리인지 몰랐어. 귀를 기울이다 보니 차차 윤곽이 잡혔지. 누군가의 고함이었어. 어떤 남자가 크게 소리치고 욕하며 물건을 던지고 있었지. 바로 네가 있는 그 집 안에서. 나는 현관문을 그냥 열고 들어갔어. 그리고 그 집의 거실에서 벌어지고 있는 일을 목격했지. 너는 어린 동생을 온몸으로 감싼 채 구석에 웅크리고 있었어. 그 남자는 자기 등 뒤로 내가 들어온 줄도 모르고 계속 소리치고 있었지. 이 쓸모없는 것들. 다 뒈져버

려. 너희들도 이 집에서 싹 다 꺼져버려. 어디서 지랄이야 지랄

은. 발악하듯 소리치는 그 남자가 바닥에 초록색 소주병을 던

지려고 할 때, 난 그의 팔을 잡았어. 그는 취한 와중에도 소스

라치게 놀랐지. 뭐야 이 새끼는. 너 남의 집에 어떻게 들어왔어.

　그 소리에 네가 고개를 들었어. 우리의 눈이 마주쳤지. 놀란

너의 눈동자는 아주 캄캄했어. 네 뺨에는 아까는 없었던 푸르

스름한 멍이 들어 있었지. 그제야 알았어. 넌 목감기에 자주 걸

려서 마스크를 썼던 게 아니야. 추위를 많이 타서 긴 옷을 입는

것도 아니었어. 상처를 가리려고 그랬던 거였지. 처음으로 온

몸을 태울 것 같은 분노를 느끼며 나는 그의 팔을 내가 낼 수

있는 최대치의 힘으로 잡았어. 그가 비명을 지르며 병을 놓쳤

고, 난 그걸 재빨리 받았어. 너는 눈을 휘둥그레 떴지. 내가 그

를 얼마나 세게 잡았는지는 모르겠지만, 그는 곧 죽을 것같이

소리를 질러댔어. 생각 같아서는 없애버리고 싶었는데, 네가 내

팔을 잡았어. 그러지 말라고 말이야. 그래서 그를 놓아줬어. 하

지만 그는 계속 고래고래 소리를 질렀지. 너 뭐야. 뭐 하는 새끼

야. 무슨 짓을 한 거야. 당장 치료비 내놔, 이 미친놈아. 너는 바

닥에 뒹굴고 있는 그를 넘어서 네 어린 동생을 안아 들었어. 그

리고 한 손으로는 내 손목을 잡고 뛰어서 집 밖으로 나왔지. 너

희 집 뒤편에 있는 조그만 차고 같은 곳으로 우린 들어갔어. 거기서 네 동생을 처음으로 제대로 봤어. 너를 꼭 닮은 귀여운 아이였어. 하지만 커다란 눈이 공포로 가득 차 있었지. 할 수만 있다면 너와 네 동생의 모든 두려움을 내가 대신 짊어지고 싶었어. 너는 나에게 왜 여기까지 온 거냐고 물었어. 나는 조용히 네 학생증을 꺼내 보여주었지. 너는 내 손바닥 위의 학생증을 바라보다가 말없이 집었어. 그리고 우리는 한동안 가만히 서 있었지. 그러다 네가 갑자기 울음을 터뜨렸어. 아니, 갑자기가 아니었겠지. 참고, 참고, 또 참기만 하다가 새어 나온 눈물이라는 걸 알아. 마음이 너무나 아팠어. 미어지는 마음을 어떻게 하면 좋을지 몰랐지. 내가 이렇게 한심한 존재였는지 그때까진 미처 몰랐어. 어디서 본 대로 네 어깨를 두드려줘야겠다고 팔을 천천히 뻗는 순간, 네가 나에게 안겼어. 그리고 눈물 가득한 목소리로 내게 말했지. 고마워. 나는 그냥 너의 어깨를 안았어. 그리고 알았어. 아, 나는 너를 정말 사랑했어. 사랑을 하는 로봇이라니 얼마나 뻔한 클리셰니. 그 정도는 나도 알고 있었어. 하지만 클리셰가 왜 클리셰겠어. 나는 사랑을 하고 있었어.

조금 후 네 동생이 칭얼대는 소리에 우리는 천천히 서로에게서 멀어졌어. 너는 집에 언제 들어갈 수 있냐고 우는 동생을 달

래주었어. 나는 처음으로 네게 물었어. 언제부터 그랬던 거야. 동생을 달래던 네가 멈칫했어. 잠시 말이 없던 너는 아주 예전부터 그랬다고 했지.

엄마는 참다가 도망쳤어. 주변 어른들한테도 도움을 청해봤지만 아무도 도와주지 않았어. 너희 아버지가 좀 힘드신 거다, 잘해드리면 나아질 거다, 이런 말이나 들었지. 되려 내가 그런 말을 했다는 게 아빠 귀에 들어가게 해서 화만 돋운 적은 있긴해. 예전에는 친구들에게도 말해봤는데 점점 나를 피했어. 내가 너무 힘들어서 털어놓은 말이 나한테 비수가 되어 돌아와 꽂혔어. 그래서 어차피 아무도 도와주지 않을 거라고 생각했지. 어른들도, 친구들도 모두 나를 피했으니까. 다들 골치 아픈 일에 말려들고 싶지 않아 하고, 괴팍한 가정의 불행한 아이와 친하게 지내고 싶어 하지 않으니까. 너도 그럴까 봐 두려웠어. 너와 멀어지고 싶지 않아서 말하지 않은 거야.

어느덧 캄캄해진 밤을 헤치고 난 집으로 걸어 돌아갔어. 그날 있었던 일이 머릿속을 가득 메우고 있었지. 생각할 거리가 너무 많아 버거웠어. 지능과는 상관없는 주제들 말이야. 왜 네가 그런 고통을 당해야만 하는 거지, 왜 자기 딸들에게 폭력을 휘두르는 거지, 어째서 사람들은 남의 고통에는 무관심한 거지. 내게 '가족'은 아빠밖에 없지만 내가 알던 가족과 너의 가족은 너무 달랐어. 박사가 나를 다루던 손길과 따스한 눈빛은 너희 아버지라는 작자에게서 찾아볼 수 없었지. 너희처럼 사랑받아 마땅한 아이들에게 그게 뭐 어려운 일이라고 말이야. 어차피 말 같지도 않을 이유는 영원히 이해할 수 없을 테니, 난 너희를 도와주겠다고 말했어. 나는 다른 사람과 달라. 언제나 너희를 도와줄 거야. 내게 말해줘. 기꺼이 도울게. 내 말을 듣고 네 동생의 희망이 어른대는 표정을 보니 가슴 한구석이 저렸어. 너는 선뜻 입을 떼지 못했어. 그저 내 등 뒤에 대고 고맙다는 말을 겨우 내뱉었지. 고마울 것 하나 없는데 말이야.

평소보다 너무 늦게 집에 도착한 나를 보자마자 아빠는 꼭 안아줬어. 무슨 일이라도 생긴 줄 알고 안절부절못하고 있었다고 말하며 말이야. 나를 걱정했던 거였어. 아빠에게 미안한 마음이 들었어. 아빠는 곧장 나를 데리고 휴대폰 대리점으로 향했지. 그리고 내게 반 아이들이 가지고 있는 것처럼 생긴 휴대폰을 하나 사줬지. 늦거나 무슨 일이 있으면 꼭 연락하라고 말이야. 아빠한테 고맙다고 말하면서 나는 이제 너를 더 쉽게 도울 수 있겠다고 기대에 부풀었지. 다음 날, 나는 너와 번호를 교환했어. 난 언제든 네가 부르면 달려가겠다고 말했고, 너는 눈물이 고인 눈을 내리깔고 씩 웃었지. 내 번호 목록에는 아빠와 네가 전부였어. 내가 사랑하는 두 사람. 내 세계를 가득 채운 두 사람이면 나는 평생 충분하다고 생각했어. 그런데 점점 욕심이 생겼어. 인간이 되고 싶었어. 너를 속이고, 다른 사람들을 속이는 일상이 반쪽짜리처럼 느껴졌어. 당당하게 누군가를 사랑하고 싶었지. 난 나를 속이기 시작했어. 언젠간 인간이 될 거라고. 아빠가 더 열심히 연구해서 언젠간 나를 인간으로 만들어줄 거라고. 하지만 때로 이런 억울한 마음도 들었지. 인간의 배에서 나오지 않았다고 난 감정을 느껴서도 안 된다니. 멋대로 그렇게 정해버린 인간들이 미웠어. 사랑이 인간의 것이라고만 생각하는 게 나쁜 것 아닌가. 하지만 동시에 아무리 노력한다고 해도 인간이 될 수 없다는 사실이 서글프기만 했어.

*

내가 불량품이라고 아까 얘기했지? 난 짧은 생애 동안에도 나를 몇 번이나 고치며 살아왔어. 흘러내리고 풀리는 나사를 부여잡은 적이 한두 번이 아니야. 이마저도 인간이 아니기에 겪는 일이기 때문에 무척 속상했지. 그래서 아빠나 너에게 내색하고 싶지 않았어. 그러나 내 상태는 점검이 시급해졌지. 점차 아빠의 눈에도 그게 보였어. 그래서 아빠는 내가 시스템을 끄고 잠들어 있으면 고쳐주겠다고 했어. 연례로 진행하는 나이드는 작업도 함께 해주겠다고 했지. 그러나 그 모든 일을 진행하기 위해서는 하루 하고도 반나절이 꼬박 필요했지. 나는 망설였어. 학교를 이틀이나 쉬어야 하니, 너를 그만큼 만날 수가 없잖아. 하지만 더는 미룰 수가 없는 지경에 도달했고, 나는 꼭 수리가 필요했어. 담임 선생님에게는 아빠가 조부모님을 뵈러 가야 한다고 둘러댔고, 난 너에게 이틀만 아빠와 여행을 다녀오겠다고 말했어. 너는 웃으며 내게 재미있게 다녀오라고 했지. 나도 웃으면서 잘 다녀오겠다고 말했어. 대신 다음에 만났을 때는 피아노를 더 길게 쳐주겠다고 했지. 그 말을 지킬 수 있을 줄 알았는데.

학교에서 돌아왔을 때, 오랜만에 다시 보는 이모님, 그 아주머니 로봇이 현관에서 아빠와 인사를 나누고 있었어. 나를 발견한 이모님이 반갑다는 듯 인사를 건넸지.

너와도 마지막 인사를 할 수 있겠구나. 이제 난 찾아오지 못할 거야. 공장으로 간단다.

공장이요? 강제로 가게 된 건가요? 놀란 내가 말했지. 이모님은 특유의 자상한 미소를 지으며 고개를 저었어. 그건 아니야. 내가 가겠다고 했어. 난 너무 지쳤단다. 오랫동안 마음을 쓴다는 건 너무나 고된 일이야. 이제 공장에서 아무 생각 없이 몸이나 움직이고 싶어.

지난번처럼 이모님은 정말 지쳐 보였지. 아무리 그래도 회색빛 공장에 가서 기계 부품이 되는 게 낫다니. 매일 같은 동작을 몇천 번씩 반복하면서 말이야. 이해할 수 없었어. 하지만 그 정도로 이모님은 감정을 감당하기 힘들었다는 거겠지. 그녀의 굳건한 태도로 보건대 이미 모든 건 결정된 것 같았어. 나는 겨우 말했어. 어디서든 이모님이 잘 지내시길 바랄게요.

고마워, 너는 참 상냥한 아이로구나. 그녀는 얼굴을 조금 웃기게 구기며 말했어. 그때 알았지. 아, 이모님도 눈물을 흘릴 수 없구나. 나와 같은 결함이 있는 이모님의 눈을 바라보며 조용히 말했어. 우리의 능력은 축복이자 저주라고 하셨지만, 저는 그래도 감정을 느낄 수 있다는 게 축복 같아요. 그러자 그녀가 말했어. 나도 진심으로 네가 언제까지나 그렇게 생각할 수 있기를 바란단다, 얘야. 내 손등을 쓰다듬으며 이모님이 덧붙였어.

너에게는 꼭 축복만이 가득하기를 빌게.

나는 시스템을 끄고 오랜 잠을 잤어. 아빠는 의욕이 넘쳐서 나를 싹 다 고쳐주겠노라고 말했지. 그렇게 아빠가 노력을 기울인 끝에 다시 시스템이 가동되면서 나는 눈을 떴어. 세상에 처음 눈을 떴을 때가 생각날 정도로 잠시 아찔했지만 컨디션이 아주 좋았어. 문제였던 부분들도 아빠가 말끔히 고쳐줬고, 조금 더 자란 키도 만족스러웠어. 인간 어른이 되어가는 것 같았거든. 아주 멋있어졌다는 아빠의 말에 나는 고맙다고 했어. 이제 다리 길이를 늘이기 위해 짼 발목의 피부만 용접하면 되는데, 그 전에 내가 이렇게 기뻐하는 모습이 얼른 보고 싶어서 조금 일찍 깨웠다고 아빠는 말했어. 그렇게 말하는 아빠가 더 신나 보였던 것 같았지만 말이야. 필요한 도구를 정비하는 아빠의 등에 대고 나는 잠시 머뭇거리다가 오래전부터 묻고 싶었던 질문을 했지.

아빠, 나는 아주 나중에라도 인간이 될 수는 없나요. 내 말을 듣고 뒤를 돌아 나를 마주한 아빠는 괴로워 보였어. 그렇게 미간에 주름이 깊게 팬 걸 본 적이 없었거든. 아빠는 한참 후에 겨우 입을 열었어. 지금은…… 잘 모르겠구나. 이렇게밖에 말해줄 수 없어서 미안하다. 아빠가 그렇게 말할 정도라면 불가능하다는 뜻이겠지. 나는 대신 아빠를 꼭 안았어. 그래도 내게 마음을 줘서 고마워요. 아빠는 대답 없이 내 동그란 머리를 오래오래 쓰다듬어주었어.

그래도 몸이 건강해지고 조금 자라서 그런지 뭐든지 할 수 있을 것만 같은 마음이 자꾸 솟았어. 내 발목을 용접하기 위해 몸을 숙이고 앉은 아빠의 희끗한 머리를 바라보다가 잠들기 전에 머리맡에 놓아둔 휴대폰의 화면을 확인하고서 나는 바로 얼어버렸지. 부재중 전화가 다섯 통이나 떠 있었어. 발신인은 모두 너였지. 나는 곧장 자리를 박차고 일어났어. 놀란 아빠가 뒤로 넘어졌지. 나는 바로 현관을 나가 너희 집을 향해 달렸어. 등 뒤로 아직 수리가 끝나지 않았으니 나가면 안 된다는 아빠의 말이 들렸지만, 한가하게 피부나 붙이고 있을 때가 아니었어. 언제든지 너를 외면하지 않겠다고 자신 있게 말했는데 이어지지 않는 전화를 붙잡고 너는 무슨 생각을 했을까. 후회가 파도처럼 밀려들었어. 아니 폭풍처럼. 내가 낼 수 있는 최대의 속도로 너희 집으로 달려서 도착한 나는 현관문을 벌컥 열었어. 아, 내가 그 광경을 잊을 수 있을까.

네 동생은 방 안에서 영문도 모르고 울고 있었고, 너는 그 방문이 절대 열리지 않도록 꽉 잡고 있었어. 왜냐하면 네 아버지가 조금 떨어진 자리에 누워 있었거든. 눈은 부릅뜨고, 머리에서 피를 흘린 채로 말이야. 너는 내가 저번에 너희 집에 왔을 때처럼 나를 놀란 듯이 쳐다봤어. 그 눈은 끝이 어딘지 알 수 없게 캄캄했지. 네가 떨면서 입을 열었어.

동생은 몰라. 나……. 내가 밀었어. 이대로는 맞아 죽을 것 같아서 있는 힘껏. 그랬더니 저기 모서리에 부딪혀서…… 내가 했어. 내가. 이제 어떡하지.

그래서 내가 말했어. 가장 빠르고 정확한 해결법이 하나밖에 떠오르지 않았어.

내가 했다고 해.

네 눈동자가 세차게 흔들렸어. 절대 그럴 순 없어. 떨리는 목소리로 네가 말했어.

난 너희 아버지를 다치게 한 전적이 있잖아. 믿을 거야. 그리고 난…….

말하려는데 목이 자꾸만 잠겼어. 네게 말해야 했어. 나는 인간이 아니라고. 난 어떤 짓을 당해도 괜찮다고 말이야. 넌 아니잖아. 내가 대신하게 해줘. 이렇게 말해야 했는데 목소리가 잘 나오지 않았어. 내가 이렇게 망설이는 동안, 현관과 내 발목을 번갈아 바라보던 네가 작은 목소리로 말했어. 왼쪽 부품 하나 떨어졌어. 없어지면 곤란하지 않아?

갑자기 뒤통수를 한 대 맞은 것처럼 멍했어.

너, 알고 있었구나.

넌 알고 있었던 거야. 언제부터일까. 내가 너희 아버지란 사람을 다치게 했을 때? 아니면 내가 흘러내린 나사를 몰래 조이던 걸 봤을까? 충격에 몸을 움직이지 못하는 내게 넌 내 몸에서 떨어져나간 작은 부품을 주워다 줬어. 그리고 말했어.

매일 피아노 치는 네 손을 봤잖아. 네 손톱은 조금도 자라지 않았어. 의아했어. 그런데 생각해보니 내 짧았던 머리카락이 어깨를 넘어가게 자라는 동안, 네 머리카락은 항상 같은 길이였어. 키가 자라 내 교복 치마가 눈에 띄게 짧아졌는데, 너는 항상 그대로였어. 단정하게, 같은 모습으로. 잘못해서 피아노 뚜껑이 너의 손 위로 닫혔을 때도 네 손에는 상처 하나 나지 않았어. 그리고 너는 나를 안심시키기 위해서가 아니라 정말 아파 보이지 않았고. 그때 처음으로 생각했어. 네가 사람이 아닐지도 모른다고 말이야.

멍했어. 나도, 아빠도 전혀 신경 쓰지 못한 대목이었지. 우리 둘 다 나에게 이만큼 세심하게 관심을 기울여주는 사람이 이

학교에 있을 거라고는 생각하지 못했으니까. 정말 아끼는 존재가 아니면 알아차리지 못할 사소한 것들을 발견하는 사람이. 손에 부품을 들고 움직이지 않는 내게 네가 이어서 작지만 단단한 목소리로 말했어.

그렇지만 네가 누구인지는 중요하지 않아. 그냥 넌 나한테 아주 소중해. 내가 아는 건 그게 다야. 그래서 그럴 수 없다는 거야.

순간, 내가 돌봤던 아픈 아이가 죽은 이후로 처음으로 울고 싶어졌어. 너는 어떻게 그럴 수 있니. 어째서 내가 그렇게 원하는 걸 아무렇지 않게 선물하는 건지. 하지만 감상에 젖을 때가 아니었지. 먼저 우리 앞에 닥친 일을 해결해야 했어. 난 너에게 방에 들어가 일단 동생을 진정시켜주라고 했어. 방에 들어가서 안아주고 다 괜찮을 거라고 말하라고. 너는 내게 몇 번이고 다짐을 받았어. 절대 어떤 행동도 멋대로 하지 말라고. 나는 네 눈을 똑바로 쳐다보면서 맹세했지. 그리고 네가 머뭇거리며 방으로 들어갔을 때, 나는 휴대폰을 꺼냈어.

미안해, 거짓말해서.

그다음 일어난 일들은 너도 잘 알고 있지. 경찰이 도착했고,

나는 그 자리에서 체포되었어. 그리고 경찰서에 도착해 옷을 갈아입을 때, 내 정체가 탄로 났지. 아직 아물지 않은 발목과 발등에 작게 새겨진 코드를 본 거야. 나를 청소년과로 넘기려 하던 경찰은 그 자리에서 얼굴이 새파래지더니 다른 이들을 불렀어. 그리고 경찰서의 모든 사람이 나를 보러 내려왔지. 그다음은 말하지 않아도 알겠지. 온갖 뉴스에 '인간 행세를 하던 로봇의 충격 살인'이라고 앞다퉈 보도되었더라. 사람들의 비난도, 손가락질도 아무렇지 않았지만 내가 딱 한 가지 괴로웠던 건, 아빠 때문이었어. 아빠가 얼마나 가슴 아파하고 있을까. 내가 한마디 말도 없이 저질러버린 행동에 얼마나 치를 떨고 있을지. 아빠에겐 정말 미안한 일뿐이야. 사람들이 아빠도 가만두지 않았겠지. 그 이후 아빠를 꼭 한 번 본 적이 있어. 내 재판 날. 마지막으로 봤을 때보다 말도 못 하게 여읜 그 모습을 보니 정말 가슴이 아팠어. 아빠는 나를 보자마자 눈물을 펑펑 쏟았지. 나는 정말 간신히, 아빠에게 너무 미안하다는 말밖에 건넬 수가 없었어. 차마 용서해달라고 하지 못했지. 아빠는 내게 속삭였어. 내가 그러지 않았다는 걸 자신은 안다고. 왜 그랬는지 내게 물었지. 그때 경찰이 거칠게 나를 끌어당겨 미처 대답하지 못해 지금도 마음이 무거워 .

내 사건으로 세상은 아주 떠들썩했지. 온갖 분야의 전문가들이 모여 매일매일 토론을 벌였어. 윤리학자, 과학자, 법조인, 사회학자, 선생님, 학부모들, 학생들……. 거의 모두였지. 논점도 아주 다양했어. 인간을 죽인 로봇의 처분, 이제는 로봇이 인간과 섞여도 아무도 눈치 못 채는 지경에 이른 이 사회를 어떻게 하면 좋을지, 그리고 지금 이 순간에도 우리 중에 로봇이 섞여 있다면 바로 색출해야 한다는 주장 등. 아주 소수지만 나를 옹호하는 사람들도 있다고 들었어. 사회가 외면한 가정 폭력을 대신 처리한 정의의 사도라는 식으로. 물론 내가 나를 그렇게 생각하는 건 절대 아니지만 말이야.

난 그냥 조금만큼만 억울했지. 인간이 살인을 저지르면 인간 전체를 매도하지 않으면서, 왜 내 잘못이라는데 모든 로봇을 잣대에 올려놓는 거지? 난 그저 나인데. 네가 그저 너인 것처럼 말이야.

조그마한 마을이 온갖 언론으로 들끓기 시작하자, 네 이웃 사람들은 자기들의 허물을 숨기느라 나를 욕했어. 그들은 너를 도와주지 않았어. 네 아버지가 너희에게 손찌검을 한다는 사실을 알고도. 너희 옆집 아저씨가 인터뷰하는 걸 봤어. 그런 일이 벌어지고 있는지 전혀 몰랐다고, 미리 알았더라면 도와줬을 거라고 말하고 있었지. 글쎄, 그는 내가 너희 집 문을 따고 들어가기 전까지 저 집은 또 저렇게 시끄럽다면서 투덜대고만 있었는걸. 나를 잡으러 온 경찰관들은 네가 너희 아버지를 신고했을 때 너희 집에 여러 번 왔던 그 사람들이었지. 그러나 그들은 너를 실질적으로 도와준 게 없어. 법으로는 더는 취할 수 있는 조치가 없다며 뻔한 말들만 늘어놓을 뿐이었지. 불의를 보면 피가 끓는 게 인간이라 하지 않았어? 내가 본 인간들은 온통 불의에, 그리고 너의 고통에서 눈을 돌린 사람들뿐이었어. 나는 나라도 너를 도운 걸 전혀 후회하지 않아. 절대로.

그동안 참 많은 사람이 내게 정말 많은 것들을 물어왔어. 경찰도, 기자도, 로봇 전문가도. 처음에는 성의껏 답변했지만 이내 대화다운 대화가 그리워졌어. 너와 나눈 것 같은 이야기들 말이야. 그들은 언제나 그들의 논리에 내 이야기를 끼워 맞췄거든. 아무도 내 진짜 이야기에는 관심이 없었지. 뭐, 나도 그들에게 진실을 말해주지 않았으니 비긴 걸까. 그러다가 재판을 앞두고 너에게 편지가 왔어. 그렇게 반가울 수가 없었어. 내가 궁금한 건 오직 너와 네 동생의 일이었거든. 얼른 펼쳤지.

그 이야기 기억나? 한 소년이 온 마을을 구하기 위해

자기 옷을 다 벗어서 뭉친 다음, 댐의 구멍을 막고 있었다는.

넌 오래전에 휩쓸려갔을 내 세계를

네 손으로 다 막아준 거야.

난 네 손이 무르고 터져도 못 본 체했지.

미안해.

이제 손 빼도 괜찮아.

구멍에서 손 빼.

정말 네가 원하는 대로 해도 괜찮아.

이젠 내 손으로 댐을 막을 수 있을 것 같아.

네가 그 용기를 주었으니까.

　한동안 너의 글을 반복해서 읽었어. 내가 기대한 내용은 따로 있었다는 것도 그때 알았지. 남들이 보기엔 아리송한 글이 겠지만 난 네 말의 뜻을 알았어. 네가 책임을 져도 괜찮다는 거 잖아. 그렇지만 난 이해할 수 없어. 더는 뒷걸음칠 곳도 없던 사람이 살기 위해 행동한 것뿐이잖아. 이건 내가 원하는 거야. 네가 이제는 동생과 행복하기만 했으면 좋겠어. 언제까지나. 네 미래는 티끌 하나 없이 맑았으면 좋겠어. 하지만 너희가 편하기만을 바랐던 내 바람 또한 나의 오만이었다는 걸 곧 알았어. 나는 너를 위했다고 생각했는데, 사실 나도 내 멋대로 너에게 더 큰 고통을 안겨줬을지도 모른다는 걸 이제야 알았지. 짧은 편지를 몇 번이고 고쳐 읽었어. 네 글씨가 반가워서 쓸어보기도 하면서. 제멋대로였던 나를 용서해줄래. 이런 게 인간의 방식인 줄 알았어. 사랑하는 사람을 어떻게든 멋대로 지켜주는 것 말이야. 그렇지만 다시 한번, 내 욕심이 지나쳤어.

지금 밖에서 나를 조롱하는 사람들이 아주 많다는 걸 알아. 경찰들이나 기자들이 전해주거든. 그들은 내가 인간이 아니니까 어떤 말이든 해도 된다고 생각하나 봐. 무시무시한 저주의 말을 전하는 데 스스럼이 없어. 그들의 의견도 마찬가지기 때문이겠지. 하지만 나를 비난하는 사람들의 말에 동의하지 않아. 인간이면서 인간답지 않은 인간도 너무 많은걸. 들짐승보다도 못한 인간들을 너도 알잖아. 난 그들의 말처럼 네가 진짜 피와 살을 가졌기에 나보다 살 가치가 있다고 생각하는 게 아니야. 그냥 네가 너이기 때문이야. 내가 사랑한 존재.

재판에서 나는 당당했어. 정말 내가 잘못했다고 생각하지 않았으니까. 그리고 내가 가는 길을 알고 있었으니까. 그저 인간들의 모든 죄를 나에게 덮어씌우고 싶어 하는 게 내 눈에도 너무 투명하게 보여서 그 위선들이 우스웠을 뿐이야. 사람들은 모르겠지. 자신의 위선을 잘 감추고 살아간다고 생각하겠지만, 그저 같은 인간들끼리 서로서로 덮어주고 있는 것뿐인걸.

들었겠지만 며칠 후 나는 해체될 거야. 하지만 후회하지 않아. 그리고 너도 슬퍼하지도, 걱정하지도 마. 조금도 아프지 않을 거니까. 난 그저 오래, 아주 오래 잠을 자는 것뿐이니까. 내가 마음 다해 사랑했던 너를 만나서 너무 기뻤어. 그렇지만 이제 이모님의 말뜻을 조금이나마 알 것 같아. 나도 조금은 쉬고 싶은가 봐. 심장도 없이 너무 많은 마음 조각들을 견뎠어.

수안아
우리, 꿈에서 만나 밤을 걸어 새벽으로 가자.
사뿐히 건반을 눌러 밤공기를 노래할게.
다시 만나면 내 손을 잡아줘.
이젠 너의 꿈속을 지켜줄게.
보고 싶어.

심사평

강지영

투고 후 가슴 설레며 결과를 기다렸을 응모자 모든 분들께 감사와 응원의 마음을 전합니다. 심사하는 동안 수많은 원고 중 꼭 다섯 편을 골라야 한다는 사실이 무척이나 부담스러웠고, 아쉽게 탈락시킬 수밖에 없었던 작품들이 못내 아쉽기도 했습니다. 그만큼 응모작 모두가 치열하게 고민하여 써낸 옥고들이었습니다.

올해 두드러졌던 특징은 드라마의 약진이었습니다. 최종심에 선정된 <네 딸을 데리고 있어>, <웬즈데이 유스리치 클럽>, <밸런타인 시그널> 세 작품이 드라마 장르였으며, 소통과 공감을 자아내기 좋은 소재를 선택했습니다.

먼저 <네 딸을 데리고 있어>는 학원 폭력과 가정 폭력을 수면 위로 끌어올린 사회 고발 작품이었습니다. 구성과 서사가 다소 단조로운 면이 있었지만 화려하고 장황한 장식보다 이 낮은 목소리야말로 작품의 메시지를 전달하는 데 가장 효과적인 화법이 아닐까 생각해봤습니다. 작품 전반에 흐르는 건조하고 냉소적인 심리를 통해 우리가 웃음기 없이 돌아보게 되는 과거와 현재의 민낯이 긴 여운으로 남았습니다.

<웬즈데이 유스리치 클럽>은 선택의 여지가 없는 MZ세대의 분투기를 위트 있게 그려낸 작품이었습니다. 주인공의 몰락 서사를 지켜보며 그 뻔한 속임수에 걸려들고 마는 어수룩함이 희극보다는 절절한 비극으로 와닿았습니다. 과연 우리는 빨간약과 파란약 중 어떤 걸 선택할까. 젊고 가난하다는 것이 이토록 처절할 수도 있다는 사실을 새삼 실감했던 시간이었습니다. 매끄러운 문장력과 대화술, 비유법 등 소설이 가져야 할 매력을 고루 갖춘 좋은 작품으로 기억됩니다.

<밸런타인 시그널>은 읽을수록 감칠맛이 나는 작품이었습니다. 과감한 소재 선택과 뜻밖의 결말이 참신했고, 군더더기 없는 문장과 기발한 상상력에서 좋은 점수를 주게 되었습니다. 앞서 선정된 두 작품과 마찬가지로 주제 의식이 두드러졌으며

다양한 장르가 혼재되어 읽는 재미를 더했습니다. 긴 글도 충분히 쓸 수 있는 역량이 엿보여서 차기작이 기대되는 작가였습니다.

SF와 판타지 부문에서도 좋은 두 작품이 선정되었습니다.

<너에게>는 가스통 바슐라르의 과학 철학론이 던진 질문과 해답이 작품 안에 잘 녹아 있었습니다. 합리, 객관, 과학 중심으로 향하는 현대의 문명에 대한 비판 의식이 돋보였습니다. SF 소설이고 로봇이 주인공이지만 응모작 중 인간에 대한 깊은 탐구 의식이 가장 잘 드러난 작품이었습니다. 문장과 구성 모두 좋은 점수를 줄 수밖에 없는 수작이었습니다.

만장일치로 호평을 얻어낸 <조립형 인간>은 제목 그대로 조립해 만들어낸 완전에 가까운 인간들의 이야기였습니다. 작중 주인공들을 여자와 남자로 명명하고 카테고리화한 것에서 젠더 간의 갈등과 구조적 모순을 표현해낸 것이 인상적이었습니다. 경쟁 사회의 피폐한 단면을 적나라하게 드러낸 작품이지만 억지스럽게 교훈을 강요하지 않고 독자의 마음을 움직였다는 점이 매력적이었습니다.

아쉬운 점은 올해는 추리, 스릴러, 미스터리 장르에서 선정작이 나오지 않은 것입니다. 가능성이 엿보이는 작품들이 최종심에 올랐으나 클리셰의 과용, 캐릭터의 부재, 현실 반영 등이 충분하지 않았습니다. 여전히 마니아층이 두터운 장르인 만큼 내년에는 우수한 작품의 투고가 더 많아지길 바랍니다.

심사하는 동안, 저는 잠시 쓰는 사람이 아닌 읽는 사람으로 지낼 수 있어 즐거웠습니다. 가능하다면 응모자 한 명 한 명에게 당신의 작품은 이런 장점과 매력이 있노라, 마음을 전하고 싶었습니다. 한 편의 작품을 쓰기 위해 공들인 시간과 정신, 그리고 불투명한 미래에 대한 불안을 저 역시 잘 알고 있기 때문일 겁니다.

응모작을 모두 읽은 지금, 우리는 서로 무관하지 않은 사이가 되었다는 친근한 마음마저 듭니다. 저에게 이번 심사는 여러 사람의 호흡과 목소리, 몸짓과 표정을 더듬는 시간이기도 했습니다. 그래서 지면을 빌려 전하고 싶습니다. 다섯 명의 당선자에게는 늘 행운이 함께하기를. 아쉽게 낙선한 분들 모두 다음 글로 꼭 다시 만나기를.

심사평

김이환

올해 응모작은 전체적으로 이전 공모전보다 수준이 높았고 특히 장르 소설의 완성도가 많이 좋아진 느낌이었다. 갈수록 더 좋은 작품이 공모전에 도착하리라는 믿음을 가질 수 있어서 기뻤다. 한편으로는 응모작을 읽으면서 많은 작품에서 공통으로 보이는 두 가지 아쉬운 점이 있어서 이를 언급하려 한다.

하나는 다른 작품과 구분이 잘 되지 않는 비슷한 소재를 사용한 단편이 많이 겹친다는 점이다. 소설에는 그때그때 유행하는 소재가 있기 마련이고, 공모전에도 비슷한 소재를 사용한 글이 많이 들어오는 건 당연한 일이다. 그러므로 인기 있는 소재를 사용한 글을 썼다면 아이디어를 추가해 더 독특한 소재로 만들 방법을 고민하거나, 설정을 정교하게 발전시켜 다른 글과 차별할 장점을 만들어야 한다. 흔한 소재를 새롭게 바꾸라니 상당히 어려운 주문으로 들리겠지만, 수백 편의 작품이 경쟁하는 공모전의 특성상 이는 어쩔 수가 없다. 인기 있는 소재를 골랐다면 같은 소재를 사용한 다른 수십 편의 작품과 경쟁한다는 점을 예상하고, 자신의 글에서 어떤 차별점을 넣을지 고민했으면 한다.

다른 하나는 시놉시스 문체로 쓴 글이 많이 보였다는 점이다. 시놉시스 문체로 쓴 글이 공모전에 들어온 경우는 둘 중 하나일 것이다. 시놉시스를 소설로 고쳤는데 퇴고가 미흡해서 시놉시스 문장이 여전히 남아 있거나, 평소에 시놉시스를 많이 쓰다 보니 소설에서도 시놉시스 문장이 튀어나온 경우다. 시놉시스 스타일의 문장은 작가에게는 익숙하지만, 시놉시스를 읽을 일이 많지 않은 독자에게는 상당히 낯설며 몰입을 방해한다. 앞서 말했듯이 수백 편이 경쟁하는 공모전에서는 당연히 좋은 문장으로 쓴 글이 다른 글보다 눈에 띄기 마련이다. 잘 쓴 문장은 심사위원에게도 독자에게도 잘 읽힌다는 점을 잊지 말아야 한다.

심사위원들은 긴 논의 끝에 본심에 올라온 여러 좋은 작품 중에 다섯 작품을 수상작으로 선정했다.

<네 딸을 데리고 있어>는 어렸을 적 왕따를 당한 기억 때문에

마음에 상처를 품고 살아가던 주인공이 자신을 왕따했던 인물과 다시 마주친 후의 이야기다. 왕따와 아동 학대라는 두 무거운 소재를 글 안에서 하나로 결합한 방식이 흥미롭고, 두 소재가 주는 긴장감을 소설이 끝날 때까지 놓지 않는 솜씨 또한 좋았다. 이야기가 어떻게 흘러갈지 궁금해하는 독자를 정확한 타이밍에 놀라게 하고 이어질 사건을 궁금하게 만드는 솜씨가 돋보였다. 좋은 글을 쓰려면 좋은 소재를 고르느냐도 중요하지만 소재를 어떻게 풀어놓느냐가 더 중요하다는 점을 잘 보여준 글이었다.

<너에게>는 감성이 돋보이는 SF 작품이었다. 인간적인 감정을 느끼는 로봇의 사랑 이야기는 뻔해지거나 신파로 빠질 수도 있지만, 글은 함정에 빠지지 않는다. 화자가 직접 이야기를 털어놓는 형식으로 시작부터 독자를 사로잡고, 감성을 차곡차곡 쌓아서 천천히 독자를 이끈다. 동시에 로봇이 우리 사회에 등장했을 때 일어날 법한 여러 사건을 배치해 계속해서 독자에게 질문을 던진다. 결말에서 느껴지는 풍부한 감성이 압도적이다. 좋은 단편 소설은 독자에게 감정의 경험을 제공해야 한다는 점에서 <너에게>는 훌륭한 성취를 이룬 작품이었다.

<웬즈데이 유스리치 클럽>은 부동산, 주식, 비트코인 투자로 상징되는, 부자가 되겠다는 욕망이 넘실대는 지금의 한국을 풍자

한다. 주인공은 돈을 많이 벌겠다는 욕망으로 마음을 단단히 무장한, 그래서 우스꽝스러운데 자신은 우스꽝스러운지 모르는 흥미로운 캐릭터다. 글은 주인공을 통해 우리가 보고 싶지 않은 우리의 모습을 전면으로 끌어내며, 돈에 집착하는 사람들의 모습을 면밀하게 조사해 인물과 이야기 안에 잘 압축했다. 상투적일 것 같은 사건들도 꼼꼼한 디테일을 통해서 재밌게 살아났다. 시대성에 잘 맞는 소재를 재빠르게 선택하고 이를 매끄럽게 잘 풀어낸 솜씨가 돋보인 글이다.

<조립형 인간>은 대기업에 인턴으로 들어간 주인공이 회사에서 겪는 기이한 일을 다뤘다. 인턴으로 일하느라 안 그래도 힘든 주인공은 회사에서 신체를 조립한 인간과 마주치는 으스스한 사건을 겪으며 혼란스러워한다. 글 전체에서 맴도는 서늘하고 어두운 분위기가 계속 독자를 붙든다. 사람을 조립한다는 소재는 무서우면서도 흥미롭고, 또한 최고 효율만을 추구하다가 인간미를 잃은 현대 사회 어두운 면을 정확하게 은유하고 있다. 호기심을 불러일으키는 소재, 깔끔한 구조, 예상치 못한 반전까지 단편 소설이 가져야 할 장점을 고루 갖춘 모범적으로 잘 쓴 작품이다.

<밸런타인 시그널>은 아파트 재개발을 둘러싼 우리 시대의 욕망을 블랙 코미디와 SF를 섞어 풀어놓는다. 재개발과 층간 소음

과 외계인이 글 안에서 충돌하는데, 전혀 만나지 못할 것 같은 소재를 이야기 안에서 재치 있게 하나로 엮는다. 황당하면서도 재미있는 결말을 끌어낸 상상력이 돋보이는 글이었다. 분노와 빈정거림과 자기 합리화를 오가는 뻔뻔한 주인공의 입담도 작품의 블랙 코미디 분위기를 잘 살리고 있다. 도대체 아파트 재개발과 외계인이 어떻게 하나로 만나는지 궁금한 독자는 글을 통해 직접 확인했으면 한다.

심사하면서 가능성을 품은 좋은 작품을 많이 만났으나, 마음에 들었던 모든 글에 상을 줄 수 없어 안타까울 따름이다. 높은 경쟁률을 뚫고 당선된 작가님들에게 축하를 전한다. 수상작에서 보여준 솜씨를 활용해 계속 좋은 글을 발표하며 앞으로 나아가길 바란다.

교보문고 스토리공모전
단편 수상작품집 2022

초판 1쇄 발행 2022년 3월 30일

지은이 정욱, 김이담, 청예, 오승현, 임수림
발행인 안병현
총괄 이승은 **기획관리** 송기욱 **편집장** 박미영
기획편집 김혜영 정혜림 **디자인** 이선미 **마케팅** 신대섭 **관리** 조화연

발행처 주식회사 교보문고
등록 제406-2008-000090호(2008년 12월 5일)
주소 경기도 파주시 문발로 249
전화 대표전화 1544-1900 **주문** 02)3156-3694 **팩스** 0502)987-5725

ISBN 979-11-5909-596-2 (03810)
책값은 표지에 있습니다.